JN022596

夢、そして誇り。この街で…

洛和会ヘルスケアシステム
理事長
矢野一郎

西日本出版社

序文

矢野一郎

私が、理事長になったのは、１９８１（昭和56）年1月であった。名だけは前年の先代理事長が亡くなった１９８０（昭和55）年11月12日に就任していたが、実質的就任は翌年であった。先代は62歳で他界。その頃、私は31歳であった。大学病院の脳外科医として働いていた私が、西も東も分からぬまま、理事長をやらざるを得ない状況になった。いつか継ぐ気はあったが、まさかの31歳である。

まず自分の病院に帰ってきて感じたのは、「ひどい病院」だということであった。それまで、日赤、国立、大学病院しか知らずにきたので、それに比し、医者、看護婦（当時の呼び名）、設備、全てのことで劣っていた。システムの点でも、その基礎が全くないというのに等しかった。今思うと、日赤、国立なんかも、なっていないと思うが、40年以上前は違った。

始めに、自分の病院の内部組織の変革に手をつけ（当時は稟議書もなく、ほぼ全てが口頭であった）、組織のシステム化を図り、その後、外部へのＰＲに取りかかった。その過程で、創刊したのが『らくわ』会報である。1983（昭和58）年3月15日のことであった。当初は、主に職員向けであったが、暫次、開業医の先生や大学関係へ対象を広げていった。その中で、私が「巻頭言」として、「今、自分がしたい医療」や「自分の病院をどんな病院にしたいのか」などを書き始めた。40年前であるから、今では当たり前のようなことを多く言っていたが、徐々に内容も変わって、原稿用紙1枚と言われてからは（往々にして2枚になる）、思いつくままの散文になってしまって現在に至る。

いろんな人から『らくわ』会報でお前の文章だけは毎回見ている、と言われて、恥ずかしくなった。最近は「本にしたら良い」と言われ、銅像を造るよりかは安いか、と思い、本を出すことにした。

121回書いているので、全部は出せないし、特に医療政策については内容が古いこともあり、ほとんど全てを省いて、時代ごとの節目になるものだけを入れた。順番も、通常の書籍とは違い、最も新しいものから始めた。何のことだか分からない本になったが、眠る前のひとときに、手に取っていただければ幸いです。

2021（令和3）年10月

特別寄稿

発刊によせて

建築家　安藤 忠雄

矢野先生と初めてお会いしたのは、１９８８（昭和63）年のことだ。当時から親しくお付き合いさせていただいていた堺屋太一さんや、四天王寺の住職であり、私の古くからの友人でもある健代孝和さんたちと一緒に、中国の敦煌に行く機会があった。その時のメンバーの中に、矢野先生がいた。

病院の院長や理事長といった職業の方は、当時の私にとって未知の存在だった。ただ漠然と、医師とは、人の命を預かる大変責任ある仕事なので、緊張感を持った神経質な人が多い、というイメージを抱いていた。しかし矢野先生はその予想に反して、人懐っこい笑顔が印象的な、大変明るくおおらかな方だった。

出会いから35年、今も公私の枠を超えてお付き合いさせていただいている。現役の外科医である一方、医療・介護あわせて１００を超える施設を抱える法人を運営するリーダーであるにもかかわらず、いつお会いしてもその悠々とした姿勢を崩さない。この懐の深さは一体どこから来ているのかと、不思議に思っていた。

2013（平成25）年の年末、私の事務所にふっと立ち寄られた矢野先生が突然こう切り出した。「ちょっと正月に休暇を取って、南極でペンギンを見てこようと思う」――最初は冗談かと耳を疑ったが、矢野先生は本気だった。現地でたった2時間のペンギンとの触れ合いを実現するために、飛行機と船を乗り継ぎ決死の覚悟で南極へと向かわれた。その無邪気な挑戦心には呆れを通りこして感動すら覚えた。矢野先生のおおらかさの根底にあるのは、命あるものに対する深い愛情なのだと、私はこの時確信した。

今も時折、愛車のベントレーに乗って来られては「食事でも行きましょう」とお誘いをいただく。食べることにはいつも積極的。これもまた矢野先生の寛容力を生みだしている秘訣なのだろう。その食べっぷりを見ていると、100歳まで現役で頑張っていただけるのではないかと思う。とにかく健康には気を付けて、いつまでも若さと元気を保っていただきたい。その背中に、多くの人の人生を背負われているのですから。

安藤忠雄

初代理事長 矢野宏と

矢野医院にて（1985年）

創立70周年を記念して（2019年）

理事長就任当時

夢、そして誇り。この街で…

人を助けること、だれかの役に立つこと…。

この仕事を選んだときに、一人一人の胸に灯った「夢」があります。

そして、その夢に向かって、それぞれの持ち場で努力を重ねる日々。

その積み重ねの中にこそ、私たちの「誇り」があります。

地域とともに、地域のために。

洛和会ヘルスケアシステムの一層の質的発展を願って定めたコーポレートスローガンです。

目次

本書は会報誌『らくわ』より抜粋しておりますが、文言等一部変更しています。データは主に会報誌発行当時のものです。

夢、そして誇り。
この街で…

日本人の神

昔、旅をして、ある木を見た。「伊那谷の大柊」だ。見てスゴイと思うと同時に、「神々しい」と思った。神か…？　樹高12メートル、胸高直径3・4メートル。樹齢は400年から500年余と言われている。

かつてこの国には至る所に無数の神がいた。木や岩や森や山に、当たり前のように神を見ていた。その神々は、多くの大陸の一神教的な、強力な神とは大きく性質を異にしている。日本人にとって神とは、信じるものだけに救いの手を差し伸べてくれる排他的な神ではなく、じっと人々を見守るだけの存在、まるで、あの「大柊」のようなものではないか。だから、この国の人は、「バチが当たる」「神様は見ている」といい、聖書や十戒も必要とせず、道徳心や倫理観を育んでこられたのだと私は思う。神は見えなくても、常に人とともにおり、人とともに暮らす身近な存在だと思い、古代から、路傍の石や森の大樹をはじめ、山や滝や、あらゆる物に手を合わせてきたのである。神と仏を区別する議論や、日本人が宗教を持つ民族であるか否かの議論そのものより、私は、この国は今度こそ、本当の意味で「無宗教」になりつつあるのかもしれない、と最近思う。

「神様が見ているぞ」と教え諭す人が、いなくなった。見えるものしか信じなくなった。

神様がいると感じることは、世の中には見えないものもある、と感じることで、これが、自分の生きている世界に対して畏敬や感謝の念につながる。コロナの最中に、必死で戦っている洛和会の職員に、また、全ての医療従事者に、神を感じ神々しく思えるのは、私だけであろうか。

２０２１年夏号

音痴は治るのか？

私の卒業した京都の洛星という学校では、中学も高校も年に一度、クラス対抗の合唱コンクールがあった。その時同級生で、隣で歌っていた者が、どうもおかしな音を出すので、ドレミファソラシドと歌わせてみたら、全く音がズレていた。本人はちゃんと音程をとっているつもりだった。その時初めて「音痴」という人がいることを知った。この友人は、後年奈良の有名進学校の校長になった。

ところが音痴を調べてみたら、面白いことが分かってきた。音痴とは、耳でその音のピッチ（音の高さ）を感じることができても、声帯をそれに合わせて使うことができない者をいうらしい。

矯正する方法はないのか調べた。

最近は、コンピューターを使用する方法がある。コンピューターの画面上で、音のズレを確認しながら、自分で目的の音に近づけているので、補正が楽らしい(専用ソフトあり)。

また、話し言葉で音痴を治す方法もある。例えば、家族や友人に、「おはようございます」という毎日のあいさつをいろんな抑揚をつけて発言してもらい、それに合わせてあいさつを返して、だんだん音のズレを縮めていく方法なんかが有効らしい。とにかく音痴は、先天的なものではなく、治るものである。

私たちも、目の前にあるものを全て、決定的と断ずることなく、もう一度疑い、新しい目で見ることにより、新発見をすることがあるのではないだろうか?

2021年春号

京都の町

　京都に住んでいる人は、自分の町内の名前をよく知っていると思う。近年の区画整理事業に伴い、旧来の慣れ親しんだ町名が消えるという事例が多くある。だが、全国で京都だけは、このようになっていない。現在京都市には、ざっと数えても４９００近い町があり、直近の郵便番号簿の京都市は、14ページもある。東京都全域でも５ページだから、京都市は異常である。その中には、人が一人も住んでいない町もあれば、私が住んでいる「木賊山町（とくさやまちょう）」のように、室町時代から歴史に残っている町まである。

　これはなぜかというと、平安京の成立に源がある。碁盤の目に町を区切り、できた正方形の一辺は約１２０メートルで、その中にさらに小さな通りを作った。普通、道路を境にして町を区切っているが、京の町は道路を挟んだ両側で一つの町を作る「両側町」を作った。辻と辻の長さは、先ほどの約１２０メートル、そんなわけで通常と比べて京の町は、小さな小さな町になったのである。

さらに豊臣秀吉は、正方形の洛中に、南北に道を作ったため、さらに小さな町内になった。祇園祭の山や鉾を管理する町を山鉾町と言うが、この町々が非常に近くにあって、その距離はおおよそ100メートル。このようにして京都の町の特徴である細い路地ができ、その奥に人が住んだ。日本でも珍しい複雑な町になったのである。

1200年続いた町であるが、そろそろ町の中心部の再開発の時が来ているのではないか、と私は思う。各町内に空き家が2~3軒あるのを散歩する度に見つける。寂しい限りである、と思うのは、京都で生まれて京都で育った私一人であろうか？

2021年新年号

月の満ち欠けが意味するもの

日本では、古くから「竹は新月に切れ」と言われていた。特に冬の新月前後に切った竹は虫がつかず、長持ちすると言われていたのだ。

ノルウェーでは（この国では国全体で、まだ薪が30％も暖房として使われている）、木の伐採は下弦の月から、新月の時期が良いとされ、この時期に切った木は、乾燥が早く進み、早く木材が使えるらしい。オーストリアの森林局では、「新月の日に切った木」であることを、木材の証明書に書き入れるそうだ。

また、新月から新月、あるいは満月から満月までの期間は、一朔望月（いっさくぼうげつ）と呼ばれ、約29・5日。これは、女性の月経のリズムの平均日数に近い。そして、人間の妊娠期間は、一朔望月の9回分に近い。満月の夜にサンゴが一斉に卵を産むように、満月の前後は人の出産も増えると言われている。このように、月は命の誕生や終わりに、影響を与えていると考えられている。
月の満ち欠けなんて、久しく思ってみなかったが、コロナウイルスの影響で、夜ずっと家にいるので、月を見て、ふとそういう気になる今日この頃である。

2020年秋号

日本人のルーツ

日本人はどこから来たのか、前から考えていた。私は、ツングース系の満州族が、朝鮮および北海道を経て来た民族と、ポリネシアン系の南方の民族が、混合してできたものと思っていたが、納得する本を読んだ。

海部陽介氏が書いた『日本人はどこから来たのか?』と『サピエンス日本上陸　3万年前の大航海』という2冊の本である。

最近のDNAの研究で、人類（ホモ・サピエンス）自体の起源は、アフリカであることが分かってきた。アフリカで、30万~10万年前に出現し、徐々に、世界へ拡散した。その後、4万8千年前にヒマラヤ北ルートとヒマラヤ南ルートに分かれ、およそ1万年後には、東アジアのどこかで合流し、最後に日本へ渡って来たものと思われる。

そのルートが、氏らの推測では3ルートある。対馬・沖縄・北海道の3ルートである。その頃（後期旧石器時代）の5万年から3万年前の氷期の頃は、海抜が80mほど低く、北海道は大陸の一部であった。でも、沖縄と日本はつながっていなかった。そのルートを、ホモ・サピエンスは舟で渡って来たのだ。氏らは実験で、実際に舟を造って渡ってみた。帆なしの丸木舟だ（本格的な帆の使用は数千年前から）。

詳しいことは本を読んでいただければ分かるが、なぜホモ・サピエンスが日本を目指したのか、未知のものに対する興味、これがホモ・サピエンスと旧人類（ネアンデルタール人）との違いである。未知のものへの飽くことなき探究心。これこそ、我々日本人がなくしてはならないものではないか。

2020年夏号

ゾウなのかネズミなのか（創立70周年）

この1年、洛和会ヘルスケアシステム創立70周年ということで、幹部職員が全員、胸に70というバッチを付け、いろいろなイベントを行ってまいりました。2020（令和2）年3月をもって、イベントは終わりたいと思います。

さて、次は何をするかと考えてきて、当会はどう、世の中の役に立ってきたか、またそのやり方はどうだと振り返ったとき、ふとある人の言っていたことを思い出しました。

ゾウもネズミも、心臓はその一生では、20億回打って止まるそうです。また、ウグイスもダチョウも3億回息を吸って終わるそうです。ゾウのシッコタイムもネズミのシッコタイムも25秒以内だそうです（ちなみに、人間も同じ。これ以上長い人は、医者に行くべし）。

ゾウなのかネズミなのか（創立70周年）

動物は体のサイズが違っても、寿命が違い、行動圏が違い、群れの数も違うけれど、一生の間に心臓が打つ総数は同じなのです。面白いと思いませんか。
企業も同じかもしれません。寿命が長かろうが、短かろうが、その同じ総数のもととなるものは何であるかが、企業・病院の存在価値ではないでしょうか。それを捜して、当会は１００年を目指し、次の30年を進みたいと思います。

２０２０年春号

タンポポ

よく野で見るタンポポには、同様種に見えて二種類のタンポポがあるのをご存じでしょうか。西洋タンポポと日本タンポポです。

よく見るミツバチでも、二種類あるのですよ。西洋ミツバチと日本ミツバチ。西洋ミツバチは、明治時代以降日本に入ってきたハチで、日本ミツバチは三千年以上前より日本に住んでいる固有種です。

西洋タンポポも同じように明治期に日本に入ってきたとされています。西洋タンポポと日本タンポポの違いは、分かりますか？　簡単です。花の周りに付いている「がく」のようなもの、「総苞（そうほう）片」と呼ばれる部分が、しぼんでいるのが日本タンポポで、外側に反り返っているのが西洋タンポポです。

また、タンポポは強い生命力を持っています。タンポポは自分をかじる虫などに対して、液状のネバネバしたゴムを出し、それらが空気に触れると固まり、虫の口をふさいでしまう、というわけです。強いですね。
我々もタンポポのように、他に対して、何かを出して口をふさぎたいと思いませんか…？

2020年新年号

日本タンポポ
総苞片が閉じている

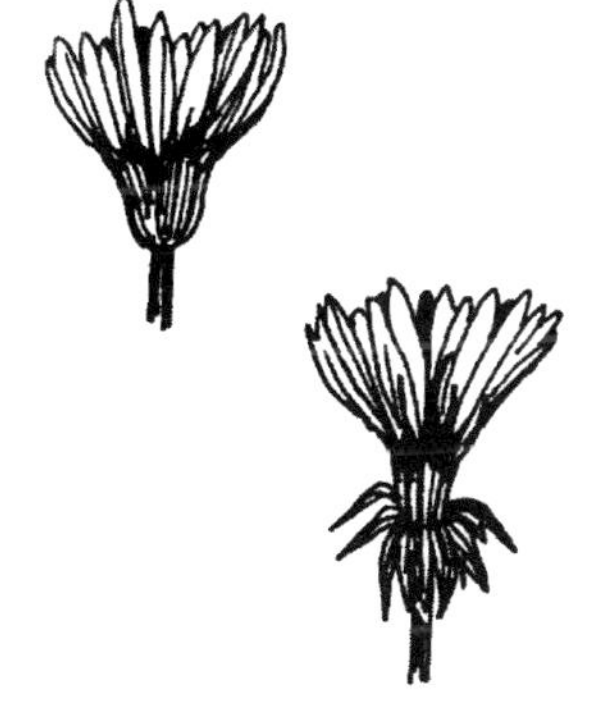

西洋タンポポ
総苞片が反り返っている

暦

　この5月より日本の年号が「令和」になり、どこもかしこも「平成最後の…」が町中に響き渡っていました。これを機に、少し暦を調べてみました。世界中グレゴリオ暦（太陽暦）かと思ったら大間違い。「所変われば、暦も変わる」とはよく言ったものだと、驚きました。

　例えば、イスラム暦（純粋な太陰暦）では、1カ月を29日か30日としているので、1年は354日になります。だから、イスラム教徒が断食するラマダーン月（1年で9番目の月）は太陽暦における季節に対して、ずれが生じて冬になったり、夏になったりします。日本人のような農耕民族は、季節と暮らしが密接に結びついているので、これでは都合が悪い。そこで、月の満ち欠けから考え出され、閏月を2～3年に1回入れて、季節がずれないようにしたのが、1872（明治5）年まで使っていた太陰太陽暦（旧暦）です。
西暦を使いながら、旧暦の行事（節分・七夕・十五夜など）も、私たち日本人の暮らしには深く根付いています。福井県の名田庄にある、おおい町暦会館や国立民族学博物館（大阪府吹田市）に行くと、世界のカレンダーの違いにびっくりします。世界のカレンダーを通じて、その暦で暮らす人々の生活が分かって、面白いですよ。ぜひ一度お訪ねください。

２０１９年夏号

カイコのフン

最近、面白い本を読んだ。川瀬七緒の『法医昆虫学捜査官』という名の本である。実際、警察にこういう部署があるかどうかは知らないが、私たち医者にとって、法医学はそうかけ離れたものではない。昆虫から科捜研（？）で何が分かるのか、興味を持って読んだ。その中で、本来のストーリーとは関係なく、「へえー」と思うことがあった。

昨今、抹茶味が非常に流行りである。アイスクリーム、飴、パン…なんでも抹茶である。ところが、本物の抹茶を使っている商品はどれくらいあるのか…。香料と色素でそれっぽくしているものもあり、その緑の色素は「カイコのフン」だというのだ。「蚕沙色素（さんしゃしきそ）」というのだそうで、カイコの幼虫が消化できなかった桑の葉緑素をフンから取り出して作った色の名である。

昔ながらの製法にこだわる企業が多いのか、それとも安いのか、分からないが、現実である。

これと同じことが、よく我々が目にしている物にもある。コーヒーフレッシュとかいって、コーヒーに入れるミルクである。あれは牛乳ではなく、大部分が植物性油脂に乳化剤などを入れたものであるとご存知だろうか？

こういうことは、我々の周りを探せばいくらでもある。思い込みの強さ、既成概念、これらが全てである。医療でも介護でも「できない」「無理」という既成概念を振り払い、もう一度、一から努力することが大事だと思う。

2019年春号

男と女の違い

先日、私の古くからの友人で、老人医療の先駆者であり、青梅慶友病院を開設している大塚宣夫先生と、エッセイストの阿川佐和子さんの共著『看る力』という本を送っていただきました。その中で、メチャメチャ共感した部分があったので、原文より引用します。遠藤周作氏から聞いた話として

〈入院している旦那さんがだんだんと弱ってきて記憶が曖昧になって、最後まで覚えている言葉は、奥さんかお嬢さんの名前。ところが、反対に奥さんが弱って記憶が薄らいでいった場合、最初に忘れるのが、亭主の名前〉又〈奥さんが先に亡くなった場合は、ご主人の方は、二年以内に跡を追う人が少なくないと言われています。（中略）だけど、ご主人に先立たれた奥さんはね、半年経つと完全に元気になる。けろりと。〉

（そう言えば、私の母親もそうでしたね!!）

〈それからこんな話もあります。奥さんが入院すると、ご主人は定期券を買って毎日、お見舞いに来る。逆に、ご主人が入院すると、奥さんは定期券を買って毎日、都心のデパートに行きます。〉

皆さん、どう思いますか？　なんとなく、そんな気がして、同感したりして。男と女。やっぱり病気より怖いかな？

2019年新年号

得度と山門

先日思うところがあり、大阪の四天王寺支院　清水寺で得度いたしまして、「有洛」という僧名をいただきました。ご存知の通り、得度とは、出家して受戒することで、その儀式でもあります。得度して、お寺の山門をくぐる時、ふと思いました。

お寺の門を、どうして山門と呼ぶのか、と。

神社の入り口にある鳥居が、神の世界と俗の世界の境界のように、山門も仏の世界と世間を隔てる大事な境なのです。平安時代、世俗社会との結びつきが強い奈良仏教を嫌い、密教寺院の多くは山岳部に建てられました。比叡山や高野山のように。ここから、寺の門は山門と呼ばれるようになったわけです。

また、山門は「三門」と呼ばれることもあり、これは「三解脱門」の略語で、最も大きな煩悩である愚痴、貪欲、瞋恚（＝怒り）からの解脱を意味するものです。この他にも、無心に祈りを捧げる、空、無想、無願などいろいろな意味があるそうです。が、しかし…無学、無知の拙僧にはできるかな、と感じながらも、修行しようと念じております。皆さんも、お寺の山門をくぐる時に、こんなこと、ちょこっと考えてみてはどうでしょうか。

２０１８年秋号

鬼のパンツはなぜシマシマか

鬼のパンツはなぜシマシマか。

その答えは「十二支」と「鬼門」にあります。３６０度の方向には、一番目の「子（ね）」を北にして、時計回りにそれぞれ十二支があてられています。「鬼門」という言葉の意味を知っていますか？　悪魔（悪い物）が町や家に入ってくる方角を「鬼門」と言うのです。その「鬼門」である北東（京都なら比叡山の方向）は丑（うし）と寅（とら）にあたり、丑寅という方角です。牛は角が生えていますね。虎は虎柄、そうシマシマです。だから、「鬼門」の方角、丑寅にちなんで、角を生やした虎柄の腹巻をした鬼のイメージができあがったわけです。もっとも、このイメージは中国ではなく日本だけのようですけどね。

桃太郎のお供は、なぜ猿と雉と犬なのか？　という話も、人から聞いたことがあります。「鬼門」の正反対にある「裏鬼門」、つまり南西の方角。京都では東寺の方向にあたります。その方角にあるのが申（さる）、続いて酉（とり）、戌（いぬ）。つまり、鬼と戦うには猿と雉と犬が必要だったとさ。

家庭にしろ病院にしろ、「鬼門」から入ってくる邪悪なものに対抗するには一人では難しい。牛、虎や、猿、雉、犬のようにチームを組んでやらねばならぬ。家庭のチーム、病院でのチーム医療が、やっぱり必要かな…。

２０１８年夏号

火葬場

現在、火葬場の数は全国に１４３２カ所ある。日本の火葬率は99・99％。日本では、土葬するのは宗教上の理由でイスラム教徒など、年間約１３９体との報告がある。

１８７３（明治６）年より火葬場は、寺院の手を離れ、いったん民営化の道を歩む。その後、自治体が民間火葬場を統廃合する形で、現在は公設（地方自治体等が経営主体のもの）が95％である。例外は東京である。23区内にある9カ所の火葬場のうち、７カ所が民営なのだ。したがって各火葬場で、火葬料金はバラバラである（６００円～1万７７００円）。現在、１９６８（昭和43）年の厚生省（当時）の通達により、民営火葬場への許可は下りなくなっている。

今まで日本は、大まかに見て年間１００万人生まれ、１００万人死ぬというパターンだった。ところが、昨年より約１４０万人が死に、約90万人が生まれるようになった。15年後には、毎年200万人の人が死ぬことになる。

そうすると何が起こるか。

火葬場の数が足りなくなる（京都市は140万の人口で1カ所しかない）。死んで葬式するまで、2週間もかかるという事態が発生する。ここで必要になるのが、死体保存の技術である。これについてはまた、別の機会に述べようと思うが、我々医療人が、患者さまの死後のことまで考える必要があるのかどうか、と考えさせられている今日である。

2018年春号

※データは2017年秋のものです。

バナナには種がない

今では安くて消化が良い食べ物として重宝されるバナナ。信じられないと思いますが、私が子どもの頃は、卵とバナナが結核で入院している人への、見舞いの必需品でした。今のメロンくらい高級でした。よく「バナナの木」という表現を使いますが、間違っています。バナナは、地面から伸び上がった巨大な草なのです。今は種なしですが、原種には種がありました。それを人の手で、種なしぶどうのように改良してきたのです。では、種がないのにどうやって増やすのか？　それは、株分けです。皆さんよくご存じの桜、ソメイヨシノも同じ増やし方です（種がないので）。つまり、クローンなんです。

20世紀初め、バナナの世界最大の産地は中央アメリカのホンジュラスでした。ところがある時、国中のバナナが一斉に枯れ始めました。原因は、パナマ病というカビの一種でした。この病気に強いバナナを見つけるために、100万本に3粒しかない種の交配で、耐性バナナをやっと見つけました（なんと、12年もかかったそうです）。おかげで今、安価なバナナを私たちは食べられるのです。

バナナもソメイヨシノもクローンはいつか滅ぶ。生物も多様性が一番大切なのでしょうね。同じように病院も2025年問題を乗り切るには、組織としての多様性が必要であると、ますます実感しています。

2017年秋号

好蟻性生物

好蟻性生物と言われて、「ああ、あれか」と言える人は、ほとんどいないと思う。好蟻性生物とは、アリの巣の中で、アリになりすまし、アリを食べたり、またアリからエサをもらっている生命体である。例えば、よく見るのは、アリヅカコオロギである(何ものか知りたい方は、ネットで調べてください)。

そんな生物は、滅多にいないと思っていたが、それが植物から菌類、クモや甲殻類に至るまで、案外とたくさんいるので驚いた。また、その研究をしている人が、世界中にかなりいるということにも驚いた。なんのために研究をするのか、と聞くと、生物多様性のため、と彼らは言う。生き物同士は、この地球上で全てつながっている。昨今、外来種の侵入が各地で問題になっている。例えば、ハチならブラジルのキラービー、アリならアルゼンチンアリのように。もともと生態系や、生物多様性が保たれた状態の地域なら、たとえ他所（よそ）から外来種が入っても、定着できずに終わるものである。しかし、最近その速度が加速し、量があまりにも多くなってきている。

なぜだろう。

分からぬことが多いが、とにかく社会や国家でも、均一なもの、多様性のない社会は滅ぶと思う。病院もしかり。医者だけではだめ。看護師やＣＥ（臨床工学技師）など多様な職種がいて、それがうまくかみ合ってこそ、成り立つ。

やっぱり、生物と同じく、多様性が大事なのだ。

２０１７年夏号

愛誦歌

何か一言。「愛誦歌」は？　などと聞かれることがある。昔の人は、そこそこの家では必ず詩歌を習っていたらしい。おふくろがよく言っていた。ところが、我々の時代には、詩歌などを、好んで口ずさむことがなくなった。先日、淮陰生がまとめた『一月一話』という本に面白い一文を見つけた。

～楽しみは　後ろに柱　前に酒　左右に女　懐に札～

どこかのバーで横にいた、品のいいおじいさんが口ずさんでいたのを思い出した。酒飲みの最高の喜びを表しているような、「ザ・詩歌」である。三味線と都々逸で聴いてみたいものである。

喫茶店10回・酒1回。若い頃、経営のお師匠さんだった人に言われた言葉である。その通り、人生を生きてみたが、最近は横にもたれると眠ってしまう。悲しい限りであるが、もう少し淮陰生の言うような酒の飲み方に、憧れていたいものである。

２０１７年春号

ドローン

この頃よく、新聞記事になるドローン（drone）ですが、どういう意味か、皆さんは知っていますか？　さすがに広辞苑には、まだ載っていませんが、英和辞典で引くと［雄バチ《針がなく、働かない》］、と書いてあります。

私は、自宅（四条烏丸）の屋上で、ニホンミツバチを飼っていますが、ミツバチには、女王バチ、働きバチ、雄バチの三種類がいることを、ご存じですか？　女王バチと働きバチは、全て雌で、同じＤＮＡを持っています。違いは、幼虫の時に、働きバチには最初の2～3日しかロイヤルゼリーが与えられないのに対して、女王バチには一週間以上も与えられるという点です。雌の働きバチ（夏の最盛期では、寿命2カ月。ただし、毎日５００匹以上巣の中で生まれる）が巣の掃除や幼虫の世話、採蜜、採花粉など忙しく働くのに、雄バチは春に生まれ、交尾相手の女王バチを探すために、毎日巣から出て、交尾相手が見つからなければ、巣に戻ってきます。雄バチは、英和辞典の注釈のように、毒針も持たず、蜜も集めません。全くの「穀潰(ごくつぶ)し」です。交尾できたらできたで、その場で死にますし、交尾の季節が終わる晩夏になると、働きバチに巣から追い出され、野垂れ死にます。

こんな、「男はつらいよ、寅さん…」というミツバチもいるのですよね。

病院にも、いろんな職種の人がいますが、こんなつらい…でもミツバチの巣の存続に、「絶対必要」な役割を、誰がしてくれるのですかね…。

２０１７年新年号

何でもナンバー1

日本の都道府県で、最も寺院の多いのはどこでしょう、と質問すると、たいがいの人は「京都」と答えます。ところが、違うのですね。一番多いのは愛知県。なんと4649寺の寺院があるのです。京都は3074寺で、愛知県、大阪府、兵庫県、滋賀県に続いて5番目です。

では、神社の数が多いのはどこでしょう。

これも、「三重県」と答える人が多いのですが、実は新潟県なのです。なんと4780社の神社があり、2位の兵庫県3862社を大きく1000社近く引き離して堂々の一位です。

このように、何でも「ナンバー1(ワン)」と思っていることでも、意外と違うことがよくあります。医療でも、介護でも、今、自分がやっていることが、ナンバー1の医療、介護だと思っていませんか？
今一度、何が「ナンバー１」なのか、考え直して、自分を見つめることが大切だと思う今日この頃です。

２０１６年夏号

※データは２０１６年のものです。

オレの仕事だ！

ゴルゴ13がよく、漫画の中でつぶやく言葉である。「ゴルゴ13」と言っても、若者は知らないと思うが、我々のような団塊の世代は知っている人が多いと思う。もう50年以上も前から「ビッグコミック」という漫画雑誌に連載されている漫画である。主人公のゴルゴ13は、身長182cm、体重80kg、年齢は不詳、18カ国語を話し、3千万円以上の報酬で行う狙撃手（スナイパー）。要するに、殺し屋である。たとえジェット機1台を買うようなことをしてでも、99・9%目的は果たす。脅威のスナイパーである。ゴルゴ13はこう考える。

「仕事は、しかたなくするものではない。会社や上司にほめられたり、クライアントに礼を言われたくてするものではない」

仕事をパーフェクトにこなすのは当然のことであり、礼を言われたり、賞賛されてする筋合いのものではないのだ。

仕事をするということは、「生きること」そのものである。自分の生き方に合わない仕事なら、最初からしなければよい。

しかし、一度選択して仕事に入ったら、それは誰のものでもない、自分の仕事だ。愚痴などこぼすのは最低である。そして、どんなことがあっても、それをやり通す。

こんなゴルゴ13の仕事に対する姿勢を「ドローン世代」と言われる新入職員に贈りたい。

２０１６年春号

ホオノキ…その生き残り戦略

ホオノキって知っていますか？

私の好きな木の一つで、洛和会音羽病院の裏の夢殿の参道にも植わっています。枝先の大きな葉の輪の中に白い大きな花を咲かせます。

ホオノキは1億年前から生き延びてきた、古いタイプの広葉樹です。では、1億年生き延びてきた秘密は何なのでしょう。広葉樹は、針葉樹から進化したグループです。1億年前を境に広葉樹が優勢な時代に変わり現代に至っています。

その理由の一つは花粉の送粉方法です。針葉樹は花粉を風で飛ばしますが、広葉樹は虫に運んでもらうことが多いです。ホオノキは自家受粉を防ぐために、時期によって性を変え、雌花、雄花として機能し、遺伝的多様性を維持しているのです。また、虫を寄せつける蜜の代わりに強烈な香りと、食料としての花粉を提供します。

さらに、種子の鳥散布や種子の休眠（地中で20年以上）、強い耐陰性（閉鎖した林冠下でも数年は生き続ける）、早い稚樹の生長などという生き残りの戦略をもって、1億年間生き残ってきたのです。

樹木の一生にはいろんなことがあり、台風も来るし、火事もあります。それでも子孫を残すために頑張っています。厳しい環境やライバルたちに負けてしまえば、生き残ることはできません。

我々人間も、もっと「子孫を繁栄させるため」の生き残り戦略を、真剣に考えねばならぬと考える今日この頃です。

2016年新年号

セイタカアワダチソウ

セイタカアワダチソウという植物を知っていますか。私はこの名を聞くと、私が若い頃感激して見た『青春の門』という映画で、「月見草、いいえそげんな花じゃなか。あれはセイタカアワダチソウ、信介しゃん…」という主題歌を思い出します。

そう、一時日本中のススキ林を駆逐し、セイタカアワダチソウ林を作った雑草です。北米原産で、ベトナム戦争の頃から日本に爆発的に広まりました。

なぜ日本に古くからあった、あれほど強いススキに勝ったのでしょう。それは、茎から「シス・デヒドロマトリカリア・エステル」という物質を出して、他の植物が生えないようにしているからです。この作用は、アレロパシー（他感作用）といって、ある植物から他の植物へ何らかの影響を及ぼす化学物質が放出される現象のことなのです。日本でよく見るヨモギやシロツメクサ（クローバー）などがこのアレロパシーを持っています。あまりにも強い雑草で、かつ黄色い花粉をいっぱい飛ばすので、一時は花粉症の原因とも言われました。ところがそれは違います。私の自宅の屋上で飼っている日本ミツバチの晩秋の貴重な蜜源なのです（味はおいしくないが）。つまり、虫媒花なのでスギのように花粉症の原因ではないのです。

こんなに一時日本中を席巻したセイタカアワダチソウなのですが、最近、ふと野原を見ると、在来種のススキが盛り返しているではないですか。やっぱり日本の昔から生き続けた種は強いのかと思ったら、そうではなくて、セイタカアワダチソウの出す抑制物質が出すぎて自家中毒を起こし、勢いがなくなってきているらしいのです。面白いものですね。日本に昔からあったヨモギはそうならなくて、なぜセイタカアワダチソウがそうなるのですかね。

何事もほどほどに、という言葉が日本にはありますが、我が洛和会もそうかなと思うこともあります。皆さんはどう思われますか…。

２０１５年秋号

『案内者』寺田寅彦

ある程度の年配の人は、ご存じだと思いますが、寺田寅彦は1878（明治11）年生まれの物理学者で、随筆家であり、俳人です。

「天災は忘れた頃にやってくる」という言葉を残した人で、夏目漱石の弟子でもあります。

私は中学から高校にかけて、寺田寅彦の随筆集を、むさぼり読みました。その中で、今でも忘れえぬ随筆が『案内者』です。一部を記載します。

〈思うにうっかり案内者などになるのは考えものである。黒谷や金閣寺の案内の小僧でも、初めてあの建築や古器物に接した時にはおそらくさまざまな深い感興に動かされたに相違ない。それが毎日同じ事を繰り返している間にあらゆる興味は蒸発してしまって、すっかり口上を暗記するころには、品物自身はもう頭の中から消えてなくなる。残るものはただ「言葉」だけになる。目はその言葉におおわれて「物」を見なくなる。そうして丹波の山奥から出て来た観覧者の目に映るような美しい影像はもう再び認める時はなくなってしまう。〉

〈このような不幸な境界に陥らぬためには絶えざる努力が必要である。自分の日々説明している物を絶えず新しい日で見直して二日に一度あるいは一月に一度でも何かしら今まで見いださなかった新しいものを見いだす事が必要である。〉

皆さん、できますか?

そう簡単に、職業は変えられませんよね。レントゲン技師にしても、検査技師にしても、医療従事者は、それほど極端に、毎日は変わるわけではない。でも、毎日「案内者」にならず、日々新しいものを見出してほしい。

それが、全ての発展につながると考えてください。

2015年夏号

ウナギの刺身やにぎりは食べたことがない

皆さん、ウナギの蒲焼を食べたことがない人は少ないと思いますが、ウナギの刺身を食べたことのある人は、いないと思います。

なぜなら、生のウナギには毒があるからです。ウナギの血液中には、イクチオヘモトキシンという毒素が含まれており、これを食べると、吐気やひどい時には呼吸困難にもなります。

昔、ウナギ職人に眼病が多いと言われていたのも、この毒が原因なのでしょう。この成分は、熱を加えれば消えます。だから、ウナギは蒲焼で食べるのです。

フグの毒のテトロドトキシンとは、ここが違うところです。昔の人は偉いと思いませんか？　ちゃんと経験で知っていたのですね。フグのテトロドトキシンの解毒剤が、まだ見つかっていないのと同様に、自然毒の解毒剤を作るのは、なかなか難しいものですね。

部下も、同じではありませんか？

管理職の人は、下の者を使わねば、仕事はできません。管理職とは、自分がそんなに優秀じゃなくてもいい。いかに、部下の能力を見極め、それをどう使っていくかが、「要（かなめ）」であると私は思います。そういう人間を、管理職に上げてきたつもりです。部下の能力をあれこれ言うより、使い方。

生で食べるか、蒲焼で食べるか。一度考えてみてはどうですかね？

２０１５年春号

「言葉」がむすぶもの

京都の六波羅蜜寺に、鹿角の杖をついて、遊行（ゆぎょう）する「空也上人」の像がある。念仏を唱えながら人々を教化して歩いた一場面が、彫り上げられたものである。ところが、その口から豆粒のような仏像が、何体も飛び出している。この小さな六体の化物は「南無阿弥陀仏」の名号を意味している。

空也上人が喉の奥から唸り出す、「南無阿弥陀仏」という言葉の響きは、すぐ消えてしまう泡沫ではなく、民衆にとっては衝撃を伴った仏の現前であったということであろう（『壁は200億光年の夢を見る』絹谷幸二著）。

空也上人の唇をついて出ていたその他の言葉が、どのようなものであったか、今なお、それを文字にすることはかなわぬが、一時間ほど見つめていると、分かるような気がすることがある。目に見えない言葉というものの荘厳な存在感に強く打たれたことを、忘れることはできない。

運慶ら仏師は、その仏像を通して、時代の語り部であることができたのだから、私の言葉に耳を傾けてくれる人がいる限り、時代、医療、介護、教育を語り、文字にしたため、時を経て、万人の心の内のつぶやきと一緒になることを願っています。

２０１５年新年号

哲学と自然科学

　この4月より、大谷大学の聴講生となり、一年間、大学の授業というものを40年ぶりに受けている。講義は何を思ったのか「哲学」。先生は、前大阪大学総長の鷲田清一教授である。哲学という授業を、生まれて初めて受けてみて、さっぱり分からん、ということが分かった。学生時代には、一端分かったつもりで、デカルトやカントの本を読み、「我思う、ゆえに我あり」なんて言っていたのに。

　イギリスやドイツの高校では、最も時間数の多い授業は哲学であるらしいが、日本では、私は一度も正式に哲学を習ったことはなかった。もっとも、教授の話では、哲学なんて分かる人は、100人に一人もいません、という話であるが。

　しかし、授業が分からないのが悔しいので、必死で90分、とにかくノートは取っていたが、その時、ふと気がついた。18～19歳の横の学生と私とでは、教授の話でノートをとる所が違うのである。そうか、と思った。私は、薬学や医学という、自然科学の授業しか受けていなかったのである。哲学という講座を選ぶ学生と、少し頭の構造が違うのでは？　と思った。自然科学では、1＋1は常に2でなければならないが、哲学の世界では「自己とは」「自由とは」…全て、いろいろな考えが存在し、それぞれ個人で解釈が違うのである。もちろん、各哲学者でも違う。

なるほど、と思った。

全ての物事を、1＋1＝2ではなく、違った見方で見れば、別のものが見えてくるのかもしれない。ひょっとしたら、目の前の仕事も、そうなのかもしれない。仕事が壁に突き当たったら、視点を変えてみるのも、悪くないのではないかと思った。

2014年秋号

京都は観光で、もっている、町ではない

京都市内を歩くと、至る所で、観光客に出くわす。「そうだ京都、行こう。」というＪＲのキャンペーン以来、私なら決して外に出ない8月でも、死んでしまいそうなほど寒い2月でも、あらゆる所に観光客がいる。では、その観光客の落とすお金で、京都の経済がもっているのかというと…否、違うのです。観光収入は、京都の総収入の1割ちょっとを占めるだけなのだ。京都は、江戸時代以前も、現代も、一大工業都市なのである。

昔は、西陣織や扇子、焼き物が主な産業であったが、今は、電気機器や輸送用機器である。工業と聞いて、京都のどこにあるのか、と疑問に思う人もいると思うが、京都の現在の代表的な企業の名前を思い出してほしい。京セラ、任天堂、オムロン、村田製作所など。それぞれセンサーや測定機器など、分野は違うが共通点がある。一つ

は、ベンチャー企業であること。かつて京都人はベンチャー精神いっぱいであった。水力発電所を作ったり、(日本で初めて)電車を走らせたり。もう一つの共通点は、伝統工業の技術から派生しており、さらに精密工業が多いということである。西陣織の工程を見れば、先に挙げた全てのことが当てはまる。糸偏の職人たちの精密技術が、現在の工業に生きているのである(『京都の平熱　哲学者の都市案内』鷲田清一より)。

我々医療の業界も、同じではないだろうか。「昔からある医療」「昔からある介護」「昔からある教育」をふまえ、京都人らしく、さらにそれを発展させて、常に「新しい物を生み出す京都人」としての洛和会ヘルスケアシステムであることを、望んでやまない。

2014年夏号

ミトコンドリア・イブ

ミトコンドリア・イブとは、人類の進化において、現代の人類に最も近い共通する一人の女系祖先の古代の女性に対して名付けられた名称である。

ミトコンドリアＤＮＡは、必ず母親から子に受け継がれ、父親から受け継がれることはない。従って、ミトコンドリアＤＮＡを調べれば、母親、母親の母親、さらに女系の遺伝子をたどることができる。

アメリカのカリフォルニア大学のグループが、多くの民族のミトコンドリアＤＮＡの塩基配列を解析した。その結果、人類の系図はアフリカ人のみからなる枝（ミトコンドリアのハプロタイプ、Ｌ０からＬ３　オンライン百科事典「ウィキペディア」より）とアフリカ人の一部とその他の人種からなる枝の、二つの大きな枝に分かれた。すなわち、祖先のうち一人は、アフリカにいた、ということになる。

分析の結果、場所的には一人のアフリカの女性にたどりつき、時間的には、人類の共通の母親は、16万プラスマイナス4万年前に存在したということになる。

また、全人類に共通するミトコンドリアの最初の持ち主である女性は、長い歴史にわたって、女系が絶えることがなかった幸運な人物であるということである。こんな幸運があってこそ、現代の人類が存在するのだと思うと、感無量である。

運の悪い人、運の良い人、などとよく人は言うが、悪い、良いなんてないと、私は思う。運は待つものではなく、取りにゆくものである。いつも「発展」し「前」に進む洛和会ヘルスケアシステムは、いつも、いつも運を取りにゆく組織であってほしい。

２０１４年春号

「ゴミ」について

私の自宅には「暖炉」がある。10年前に、初めて自分の家（自宅）を建てた時、私には、自分の家に設置したい3つの希望があった（言いかえると3つしかなかった）。一つ目は暖炉、二つ目は掘りごたつ、三つ目はライオンの口から水が出る岩風呂。10年経ち、掘りごたつは掃除が面倒との理由で埋めて潰され、単なる和室になった。ライオンの岩風呂は、水の出し入れが面倒ということで、800リットル入る大浴槽（ちなみに、一般家庭の浴槽は通常200リットルである）は、小さいプラスチック浴槽に変えられ、今ではライオンの首だけが虚しく残っている。でも暖炉だけは今も健在で、冬の間、楽しく部屋を暖めてくれている。炎を見るのは楽しいことである。何時間でも、私は見つめていられる。でも1年目は、薪（木材）以外の物を何でも燃やし、セキュリティ会社が3回も来た。結論として、薪以外の物を暖炉で燃やしてはいけないと分かった。その時ふと、家庭のゴミはどうなっているのかと考えた。

昔は東京都江東区の「夢の島」のように、日本では埋め立てが主流であったが、現在では、ほとんどの市町村で焼却していることが分かった。さらに調べてみると、全世界の焼却炉の3分の2が日本に集中しているのである（『ごみを燃やす社会』山本節子著）。世界各国は、焼却炉の廃炉に向かっているのに、なぜ日本だけ増え続けるのか。

ダイオキシンは、自然には存在しない物質で、８００℃以上の高温でいったん分解されるが、温度が３００℃に下がると、ダイオキシンは再合成される。分かりますね？煙や灰の中にどれだけ残るのか。我々医療関係者も、医療ゴミとして一般ゴミとは別々に分別して廃棄している。自然の家庭ゴミは自然へ返し、再生できるものはもっと再生し、最少のゴミだけを捨て、暖炉で薪のみを燃やすようになれば、ダイオキシンや水銀といった重金属などの問題はなくなるのではないか。

さらなる分別と再生が、我が国の医療ゴミも含めた「ゴミ問題」を解決しうる大きな手段になるのではないかと考えるのだが、いかがだろうか。

２０１３年秋号

「アリ」と「シロアリ」
PT（理学療法士）とOT（作業療法士）

家（木造）の土台などを食べつくす「シロアリ」。

皆さんは「シロアリ」は「白蟻」だから「アリ」の種類だと思っていませんか？　ところが全く違う種類の昆虫なのです。「アリ」はハチ目のグループに入り、「シロアリ」はゴキブリ目のグループにすっぽり納まるのです。日本は「シロアリ」の分布の北限（これはサルの北限と同じ）で、ほとんどの種（3000種もいる）は熱帯や亜熱帯にいます。

ハチ目昆虫（ハチやアリ）のコロニーはメスのみで創設されますが、「シロアリ」のコロニーは、女王と王がいるのです。ハチ目のワーカーは全てメスですが、「シロアリ」のコロニーではメス・オスが存在します。細かくは省きますが、このように違いは多く存在します。

洛和会ヘルスケアシステムでも149人以上のPTやOTなどのリハビリテーション

のスタッフが働いていますが、その違いを皆さんは知っていますか？ ＰＴは肉体訓練、ＯＴは手先訓練、というぐらいに思っていませんか？ 本当はもっと違うのです。それぞれが別の学校で学び、別の国家試験を受けて働いています。

こういうこともありました。

ある飲み屋で、女の子に、「精神科、心療内科、神経内科、脳外科の違いは分かりますか？」と聞いたことがあります。それぞれの名前は、テレビなんかで聞いたことがある、と言いました。でも脳外科と精神科の違いすら、はっきりと答えられませんでした。これが、一般の人の認識です。ＰＴやＯＴも、神経内科のドクターも、もっと自分たちがやっていることを一般の人に広くＰＲしなければならないと思いました。

一般の人に講演をするのもよいが、「アリ」と「シロアリ」の違いを教えるように、まず、洛和会ヘルスケアシステムに勤める４０００人以上の身内の人々に、それぞれの違いをＰＲしてほしいものです。

※理学療法士 Physical Therapist（略称ＰＴ） 作業療法士 Occupational Therapist（略称ＯＴ）

２０１３年夏号

木綿豆腐と絹ごし豆腐

豆腐に、木綿豆腐と絹ごし豆腐があるのは、たいがいの日本人は知っていると思います。冷奴には絹ごし豆腐、すき焼きには木綿豆腐と決めている人が意外と多いのです。

では、その違いは知っていますか？　豆腐を木綿でこしたのが木綿豆腐、絹でこしたのが絹ごし豆腐と思っていませんか？　実は違うのです。

木綿豆腐は、木綿の布を敷いた箱に「にがり」を混ぜて一度固めた豆乳を再度崩して入れ、上に重しを置きます。このために、木綿の跡が残るので、木綿豆腐といいます。これに対して、絹ごし豆腐は、豆乳を箱に入れ、「にがり」を加えて、そのまま自然に固めて作ったものです。自然ですので、絹のように滑らかできめ細かいため、絹ごし豆腐と呼び名をつけたそうです。どちらが栄養豊富かというと、重しで余分な水分を押し出している分だけ、カロリーもたんぱく質も、木綿豆腐の方が豊富です。

昨年の4月に入社した、新人ナースやドクターも、新しい1年が始まります。諸君は昨年1年で「木綿豆腐」になったのか…、「絹ごし豆腐」になったのか？

この新年にあたり、考えてみませんか？

2013年新年号

天使突抜

「天使突抜」、皆さんなんて読むか分かりますか？　「てんしつきぬけ」と読むんです。

ちゃんと京都にある町内の名前です。

下京区の西洞院通りと油小路通りの南北の通りが「天使突抜(てんしつきぬけ)通り」で、この通りに沿って天使突抜一丁目から四丁目までの町があります。私の毎朝の犬の散歩コースにあり、偶然発見しました。

もともと京都には、変わった地名が多くあり、その呼び名も非常に変わっています。

私たち京都人は、慣れているせいか、そう珍名とは思わないのですが、京都の人以外には読めない町名が多いのです。例えば「先斗町(ぽんとちょう)」、「上立売(かみだちうり)」、「太秦(うずまさ)」など。「一口(いもあらい)」に至っては、京都人の私ですら読めませんでした。ちなみに「一口」は巨椋池の西岸にあるのですよ。余談ですが、「巨椋池」、さてなんと読むのでしょうか。

京都の地名は、千二百年の歴史からくるものが多いのですが、「天使突抜」もそう。私の家の近くの西洞院松原を下った所に、五条天神宮がある。祭神は三神で、全て天から降った神なので、「天使」とされています。平安時代は清水寺の観音様と五条天神の天使様が、当時の民衆の信仰の双璧でした。それを、1590（天正18）年、豊臣秀吉が京都の町の大改革を押し広げ、弘法大師が建立したこの五条天神宮を串刺しにするように、境内に一本の通りを貫通させました。この所業に京の町衆は呆れ果てて、新しい通りの両側にできた町に皮肉をこめて「天使突抜」と名付けたそうです（『京都「地理・地名・地図」の謎』森谷尅久著）。

秀吉もやるが、京の町衆もたいしたものですね。何事も、あまりにも強権を行使すると、それ以後400年以上も人々に呪われることもある。私も少し考えさせられました。

※巨椋池＝「おぐらいけ」と読みます。

2012年秋号

金環日食と閏3月

この5月21日はすごかったですね。日本全国で、3千万人の人が、金環日食を見たそうです。私も首が痛くなるほど見つめました。現代人はこれほどまでに太陽のこととなると騒ぐのですが、月を見上げることは少なくなりましたね。

日本人は月と生活の絆を深く持って生きてきた民族です。1872(明治5)年まで日本の国暦として使われてきた太陰暦(旧暦)も、その各月の日付などに強く月の満ち欠けが影響を与えています。旧暦では今年(平成24年)は閏3月があるのをご存じですか? つまり今年は3月が2回あったので、13カ月あるのです。専門的に言うと難しいのですが、簡単に言うと、新暦(太陽暦・現在我々が使っている暦)は1年が365日なのに比べて、旧暦の1年は354日と11日少ないので、ある割合で1年を13カ月として補正したのです。同じような補正を新暦でもしているのを、皆さんはご存じですね。2月が29日ある閏年です。地球が太陽を1周するのは365日5時間48分46秒ですから、その端数を積んで4年に1回、2月が29日あるのです。この補正も大したものですが、西暦年数が4で割れて100で割れない年が閏年、だが、400で割れる年も特別に閏年にして誤差調整をしています。確か十数年前に、その400年に一度巡って来る特異な年がありました。このように旧暦でも新暦でも、常に補正、修正して、正しい暦に合わせているのです。

組織も同じだと思います。我々の洛和会ヘルスケアシステムでも本部通達や本部長告知などでルールを決めていますが、10年前の本部通達のままでやっていることはないのだろうか。見直さなければならないことは多いのではないか。よく考えて、新暦・旧暦でやっているように、洛和会ヘルスケアシステムでも、現代に正しく合うように、修正をかけて常に組織を見直していきたいものです。

2012年夏号

「お」のつく言葉、つかない言葉

私たちが、毎日なにげなく使い分けている丁寧語の「お」と「ご」。どちらをつけるかには、実は法則があるのです。「母さん」→「お母さん」、「家族」→「ご家族」。「ご」は漢語で中国から入ってきた言葉で、音読みする言葉によくつけます。例えば、ご住所、ご連絡。

「お」は和語で昔から日本で使われている言葉、訓読みする言葉によくつけます。例えば、お手紙、お風呂、お菓子。

こういう言葉を私たちは、小さい時から会話の中で自然に覚えてきたのです。でも、例外もあります。「電話」や「茶」は、漢語ですが「お」がつく（『日本人の知らない日本語』蛇蔵&海野凪子著）。外国人にとってはめちゃめちゃ分かりにくい言葉なのです。

私たちの洛和会ヘルスケアシステムにも、政府の経済連携協定（ＥＰＡ）に基づくインドネシア人およびフィリピン人看護師・介護福祉士候補者として、インドネシア人4人、フィリピン人4人を受け入れましたが、まだ一人として国家試験に合格していません。3年間しか国家試験を受けられないために、すでに2人は帰国させられました。

この文章を読んで、皆さん、お気づきになったと思いますが、全ての漢字にルビが打ってあります。私が子どもの頃に買った本には、全て漢字にルビが打ってありました。英語で国家試験を受けさせるのも考えようであるが、国家試験でも少なくとも漢字には、ルビを打つとか、いろいろ方法があると思います。せっかくの経済協力が、このままでは絵に描いた餅になるような気がして、なんとかしてあげたいと思う毎日です。

2012年春号

日本ミツバチ

皆さん、日本には2種類のミツバチがいるのをご存じですか？　何億年も前からこの日本に住んでいた日本ミツバチと、明治以後、採蜜を目的として外国から導入された西洋ミツバチです。どう違うか説明するとなると、この紙面100ページぐらい使用しますので省きますが、日本ミツバチは西洋ミツバチと比べて、3分の1ぐらいしか蜜を集めず、すぐ巣ごと逃げたりして勝手で、要するに人の手に慣らされず、野生の本能を強く残したハチです。私はこの日本ミツバチを、自宅の屋上（四条烏丸付近）で趣味として飼っています。5群、約15万匹のミツバチが元気に飛んでいます。今年はすでに9キログラムほど採蜜しました。

この強い日本ミツバチにも、最近異常が起こっています。数年前より、ミツバチが巣ごと全て失踪してしまう事件が世界中で頻発しています。とうとう「蜂群崩壊症候(ほうぐんほうかいしょうこう)

群（CCD）」と名付けられたぐらいです。別にハチぐらい減っても…と思われるかもしれませんが大違いです。

私たちが毎日食べている果物や野菜、その8割近くがミツバチという花粉媒介者のおかげなのです。原因は何なのでしょう。いろいろ言われていますが、私はこの10年ほど前より、世界中で使われ出した「ネオニコチノイド」系の農薬だと思っています。この農薬は、雨で流される吹き掛けるタイプの農薬とは違い、種に浸せば成長後も「植物全体」に行き渡り、昆虫の神経に作用する毒となるのです。これが従来の有機リン系農薬と違い、ミツバチの方向感覚を狂わし、巣に戻れなくしているのです。

このネオニコチノイド系農薬は我々が食べている「米」にも使用され始めています。怖いですね。でもこれと同じことが、我々医学の世界でも起こっているのですよ。病原菌やウイルス、抗生物質などの薬との戦いです。効果を得るために副作用に目をつむるのか、今は誰も答えは出せないでしょう。でも、ミツバチにしろ、人間にしろ、その答えは私たちの三代後の世代が出してくれるでしょう。肉体的、精神的結果として。

2012年新年号

流れ星

最近読んだ『流れ星の文化誌』渡辺美和・長沢工著の本の中に、私の誤解を解く面白い記載がたくさんありました。まず根本的な話ですが、皆さんは流れ星とは何かご存知ですか？

私は、隕石が飛び込んできて、大気圏に突入して、燃焼して燃え尽きるものだと思っていました。ところが違うのですね。流星物質というべきものなのです。その流星物質の大きさは極めて小さくて、直径1ミリメートルから大きくても1センチメートルで、指でつまむと壊れやすい「クッキーのかけら」みたいなものだそうです。それが地上百キロメートルの大気中、ちなみにジャンボジェット機は、高度十キロメートルの所を飛ぶのですから、そのジャンボ機が飛ぶ十倍上空、百キロメートルの先の光を見ているのです。

ではなぜそんな小さな物質が大きく輝くのでしょうか？　それは、その小さな物質が猛烈なスピードで大気に突入してくるからです。大体秒速70キロメートル。すごい速さです。そのスピードで大気圏に突入すると「小さなクッキーのかけら」は壊れながら大気分子に衝突して、一時的にプラズマという状態になります。このプラズマの生じる光を私たちは「流れ星」と呼んでいます。つまり一秒見えた流れ星の長さは70キロメートルもあるのです。すごいと思いませんか？　京都でも、私が小さい頃は、住んでいた四条烏丸付近でも天の川や流れ星がよく見られましたが、残念ながら最近は全く見ることができません。もう一度見てみたいものです。

我々の組織も大きくなりましたが、流れ星のように、若い者で大きく光り輝く人たちが多くいて、大きな隕石（偉い人？）が地球に落ちて地球に害を出すのではなく、クッキーのかけらでも、あんなに大きく光り輝けることを見せてくれることを期待しております。

2011年秋号

夢を語れる職場

最近日本の上場企業や会社を見ていて、おかしいと思うことが多くなってきた。「松下幸之助」はどこへ行ったのかと考える。電球一個を作るのに、多くの人が暗い夜道を通れるように、その明るさの下にある、一軒一軒の家庭の笑顔を作り出すために電球を作ると、松下幸之助は言っていた。戦後64年、日本人は、日本のために、日本人の幸せのために、迷いもなく走ってきた。

しかし、皆さんは1998（平成10）年より13年間、日本が経済成長していないのを知っているだろうか？

企業は生き残るために、リストラや派遣切り、多くの工場閉鎖、そして安い労働力を求めて海外への生産拠点の移転などを行ってきた。私は思う。今この時代に、この国に、堂々と夢を語っている経営者が、どれだけいるのだろう。

それではどうすればいいのだろう。

我々の病院でも、朝出社してすぐ、あいさつもせずパソコンのスイッチを入れ、隣の人とネットで会話を始めるという「タコ壷人間」はいないだろうか？

いつの頃からか日本は、他人に対する無関心と、「マジ」「チョームカ」などセンテンスの短い言葉であふれかえってしまった。職場に会話はありますか？　職場に雑談はありますか？　その雑談の中から現状の問題点や、職場を1年後、3年後どうしていくのか、自らの将来をどうしたいのかといった、夢が出てくるのではありませんか？

私が理事長になり、病院という所はあまりにも数字の管理がなっていない、なっていないというよりゼロに近いと感じ、予算委員会で数字の管理を言い続けてきた。しかし、数字管理を我々の百倍もやってきた日本の企業の現実を見て、最近考えさせられる。今の企業には、売っているもので人を喜ばせるという夢がなくなったのだ。夢のない職場、これほどつまらないものはない。数字だけではなく、職場には夢が必要なのだと。せめて洛和会ヘルスケアシステムは、いつも夢を語れる職場であってほしいし、私はそうもってゆく決意をしている。

2011年夏号

東日本大震災（東北地方太平洋沖地震）

２０１１（平成23）年３月11日午後２時46分頃、東北・関東地方で強い地震があり、宮城県北部で震度７が観測された。震源は三陸沖で、地震の推定規模はマグニチュード（Ｍ）９・０と国内観測史上で最大規模。地震を受けて東北地方の太平洋岸など、広い範囲で大きな津波が発生し被害が拡大した。４月13日時点の報道では、死者と行方不明者は合わせて２万８４８３人を超え、被災された方々の正確な人数は未だ明確ではない。被災された方々にお見舞いと、残念ながら亡くなられた方々に哀悼の意を表します。

ニュースを見ていて、津波の引いた泥沼にポツッと残った建物が病院であるのは、何とも気が休まる思いである。ところで、ライフラインをもぎ取られた病院は、津波の前まで人工呼吸器や心電図などでモニター管理されていた重症患者さまをどうされたのだろう？　これらの患者さまのみならず、被災された方々の応急手当や食事の世話まで業務を拡大せざるを得なくなったのだとすると、病院に取り残されたスタッフの疲弊は想像を絶する。

当会も16年前の阪神・淡路大震災では、救護班を結成し8日間、延べ150人のスタッフを救護所に送った。医薬品・医療材料に加え、毎日スタッフが消費する飲食物の補充が大変であったと記憶している。この教訓を生かして、「京都で大地震が起こったら」を想定し、大規模災害救急用救急車を導入。さらに通信網は従来の地上回線に加え、衛星回線「イリジウム」をバックアップとして、急性期病院を中心に病院4カ所と救急部門1カ所、計5台導入した。

しかしながら東京事業所において、今回の東日本大震災（東北地方太平洋沖地震）の影響で、当日帰れなかった職員が40人。そのうち30人が施設に臨時宿泊し、後片付けや次の日の乱れたシフト体制を整えてくれたと聞く。翌日は3時間も歩いて出勤してくれた人、深夜明けで3時間ほどしか眠っていないが心配して駆けつけてくれた人…さまざまである。交通混乱で臨時休暇を取得する人もいたと聞く。

本来なら、職員が災害に遭遇したら、「まず自分の安全、そして家族の安全。会社の仕事はその次で良い」と言いたいのだが、患者さまや施設利用者さまの命をお預かりしている私たちの仕事。さあ、どう言ったら良いのだろうか？　悩むところである。でも、家庭の損害も心配であるのに、東京の介護施設の回復に努力いただいた方々に、まずはお礼を言いたい。

２０１１年春号

東日本大震災（東北地方太平洋沖地震）

京都いのちの電話

皆さん、京都で「社会福祉法人　京都いのちの電話」という組織があるのをご存じですか。自殺予防のために、ボランティアの人が、24時間電話相談を受けています。国からの資金援助はなく、全て民間の寄付で運営しています。千人会という組織を作り、個人や団体からの寄付でやっています。私も、個人としても洛和会ヘルスケアシステムとしても、援助を長年続けております。

日本はそもそも、自殺者が多い国です。G7（先進7ヵ国）で1位です。しかも、1998（平成10）年に入って急速に増え、それまで2万人台前半で推移していたのが、3万人を突破。2011（平成23）年現在まで10年連続3万人を超えていました。1日平均89人、16分に一人が自殺しているという計算です。性別では、男性が72・5％という圧倒的な数です。やっぱり男性の方が弱いのかと考えさせられる数です。

自殺者が最も多いのが50歳代の男性で、全体の25％を占め、それも50歳代後半にピークがあります。

自殺理由には、男女問題、学校問題、家庭問題、経済生活問題などいろいろありますが、この世代は、経済生活問題が自殺理由の1位です。失業問題だけでなく、精神的な重圧感や自分に対する評価の低さ（職場でも、家庭でも）などが、からみあって絶望してゆくようです。

我々洛和会ヘルスケアシステムでも、職員のメンタルヘルスケアに対して、いろいろ手を打っていますが、まだ効果はいまいち、というところです。

もうすぐ皆さんに発表があると思いますが、この下半期より、個々の評価の見直しと新制度の創設のために、「役職等級制度」を導入します。より公平な評価を目指して行うものです。

「京都いのちの電話」がもっと活躍できて、若者の自殺がなくなり、中高年の老後が自殺なく、美しい死に方になることを、願ってやみません。

２０１０年秋号

※データは２０１０年のものです。

帰ってきた「はやぶさ」に感動！

「はやぶさ」といっても鳥（鳥類　ハヤブサ目　ハヤブサ科）ではない。２０１０（平成22）年６月14日未明（日本時間13日深夜）にオーストラリアの砂漠地帯に炎の尾を引いて着地した、日本の小惑星探査機「はやぶさ」のことである。小惑星イトカワの岩石採取に挑んだのだが、月より遠い天体に着陸し、そのサンプルを地球に持ち帰って来たのは史上初の快挙だという。

はやぶさの構想は、１９８５（昭和60）年（四半世紀前）に生まれていた。「科学に新しい視野をもたらす」「広範囲の科学者、技術者が情熱を持てる」「文化史的な意義を持つ」などの意義を掲げた、「将来へ大きな夢をたくす計画」とされていたが、現実にプロジェクトが認められたのはそれから約10年後であったらしい。それも、「難しいミッションでリスクが大きすぎる」「米国もやらないような挑戦を実現できるわけがない」など、陰口が聞こえるほど散々の船出だったらしい。

２００３（平成15）年5月の打ち上げから約7年、総航行距離約60億キロメートルにもおよぶ長い旅はトラブルの連続。打ち上げ直後、４基あるイオンエンジンの1基が不調になり、イトカワ着陸前には、姿勢制御装置3台中2台が故障。着陸直後には燃料漏れがきっかけで通信が途絶。復旧した後も、12台の姿勢制御用化学エンジン全てが故障。帰還に欠かせないイオンエンジンが全て故障。だが、その度にチームは知恵を絞り、使えるシステムを組み合わせてピンチを切り抜けて帰還した。

感動するのは、プロジェクトを率いた宇宙航空研究開発機構（ＪＡＸＡ）の川口淳一郎教授が成功の喜びに浸りながらも言われた言葉。はやぶさの成功で「日本の惑星探査に自信と希望を与えられた」と喜びと自負を見せたが「この瞬間から技術の離散と風化が始まっている。将来につながるミッションが必要だ」と言い切られたことだ。

私たちの医療経営も、望みを失わず、チームが持てる専門性を高め、日々可能性を追求し、微々たる歩みであるが理想を追求していきたいものである。

２０１０年夏号

木喰仏　～新年の笑いについて～

「笑い仏」で知られている木喰仏に出会ったのは、数年前のことである。それまで円空仏に興味を持ち、見てまわる中で、参拝者から木喰仏のことを聞いた。最初にその「笑い仏」を見た瞬間、はまってしまった。それ以後、全国の木喰仏を見てまわっている。

木喰は１７１８（享保３）年、甲斐国（現在の山梨県）の山村に生まれ、22歳で出家し、56歳の時に日本廻国の旅に出た。北海道から九州に至る全国を遍歴し、93歳で亡くなるまで、２千体もの造像をした。今でもそのうち９００余体が確認されている。

私は木喰仏を見て感じたことが二つある。

京都の南丹市（八木町）にある清源寺の十六羅漢像は、木喰89歳の作である。人生50年を過ぎて、旅に出るのも勇気がいるが、若い頃の仏と違い、年を取るにしたがい、心の底からの笑いを表現した仏に変わってきている。こういう生き方は、これから迎える高齢化社会の中での、我々の生き方に一つの答えを示しているのかもしれない。

もう一つは、新潟県長岡市の金毘羅堂の仏である。顔を見ると、すりへって、ぼろぼろ、つるつるである。幾世代にもわたり、子どもたちの遊び相手であったため、すりへったのである。冬にはソリに使い、夏はボート代わりにして川で遊ぶ。何も有名寺院の仏のように、秘仏、秘宝といって、奥にしまうだけが仏ではない。人々の暮らしに溶け込み、人々とともにあってこそ、本当の仏であるような気がする。

我々医療人もそうではないか。

医療界に入ったときは、己を捨てて、人のために尽くし、生きる。そう思って、ほとんどの人は入ってきたはずである。ところが、年を経てくると、仕事のしんどさに、つい原点を忘れてしまう。そういう時にこそ木喰仏の笑い顔を思い出してほしい。自分がつるつる、ぼろぼろになろうが、病が治った時の人の笑顔を見て、医療、介護の世界に入った時の原点を思い出してほしい。自分の笑顔も忘れることなく。

それが、自分が生きてきた、「誇り」と「証」につながると、私は思う。

２０１０年新年号

洛中洛外図

皆さん、京都の人なら「洛中洛外図」という言葉と絵は、一度は聞いたり、見たりしたことがあるでしょう。私も昔からよく見ていましたが、なんだか雲だらけの訳の分からない屏風としか思っていませんでした。ところが、ある絵雑誌にその詳細図が載っていて、愕然としました。そこに描かれている人々の生き生きとした表情、それに全体の構図のすばらしさ、こんなものがあったのかと感激しました。

「洛中洛外図」は、京の都を一望し、洛中（市中）と洛外（郊外）の四季とそこに生活する人々の風俗を描きこんだものです。室町時代以降、３００年にわたって描かれたもので、現存するのは１００枚ぐらいだと言われています。現在放送中の大河ドラマ「天地人」の中で、織田信長が上杉謙信に贈った洛中洛外図屏風もその一つです。

洛和会丸太町病院の前にある生涯学習総合センター「京都アスニー」の壁画にこの

模写があるので一度見てもらえたらよいと思います。洛中洛外図の特徴は、他の屏風と違って左右六扇の屏風に、1年間の四季や京都の全体図が全て描かれていることです。一見すると京の町並み全体を丸ごと描いているように見えながら、実際には、絵師が必要ではないと考えた建物は金雲で隠し、それとは逆に、金雲で囲まれた人々の暮らしは、思い切りクローズアップされ、今にも動き出しそうに浮かび上がっています。この人々の表現が、実にいい。このことを知ってから、私は近視用の単眼望遠鏡を買って、1時間ぐらいかけて博物館で洛中洛外図を見ます。高貴な人もいれば、貧しい人もいる。寝ている人もいれば、一所懸命、売買に精出す人もいる。「夫婦のいさかい」の様子など、一人ずつ見れば、実に面白い。ちなみに、上杉本では2500人もの人々の姿を、これほどまでに、生き生きと描いているのです。

我々洛和会ヘルスケアシステムも、金雲のかかっている所が一つもなく、その中で働く人が、生き生きと働き、夢ある生活をし、2500人のそれぞれが意味のある人生を送れるような組織にしたいと、いつも願っております。

2009年夏号

手

最近、よく手を見る。手のしわが増えてきたな、と思うことが多い。苦労してきたからな、と自分をなぐさめる。

ある時、ふと人から聞いた話を思い出した。

手の指には、お父さん指（親指）、お母さん指（人差し指）、お兄ちゃん指（中指）、お姉ちゃん指（薬指）、赤ちゃん指（小指）がある。

お父さん指とお母さん指はくっつきますか？　確かに親指と人差し指はくっつく。お父さん指とお兄ちゃん指、お姉ちゃん指、赤ちゃん指もくっつく。では、お母さん指は？　お兄ちゃん指、お姉ちゃん指はくっつくが、赤ちゃん指とは難しい。確かに小指とは難しい。では、お父さん指をお母さん指にくっつけてやってみる。すぐくっついた。確かに、二人でやれば簡単。

また、親指だけが、他の全ての指の顔を知っている。親指だけが正面から全ての指の顔を見られるのだ。

我々洛和会ヘルスケアシステムは、この4月に新卒者153名、既卒者90名、計243名を採用をした。この未曾有の不景気の中での大量採用である。各自がこの大量採用の意味を考え、洛和会ヘルスケアシステム（手）の中で、何のための指なのか、どの指にならねばならないのかを考え、みんなの総力を結集して、不景気でも負けることなく、打って出てほしい。

2009年春号

日本人かく戦えり

先日、新聞の記事で、初めて知ったことがあった。

日本の軍隊に、第二次世界大戦で無条件降伏（1945・昭和20年8月15日）から3日後に、戦争をせざるを得なかった部隊があったということである。

同年8月18日、旧ソ連軍が、日本の千島列島の北東のはずれの占守島に侵攻してきたのである。終戦時、この島には戦車64両の他、独立歩兵第282大隊などが配備されていた。指揮官は、池田末男大佐、戦車第11連隊連隊長であった。

池田大佐は、終戦後にもかかわらず、撃退することを決心した。二日間の戦闘によりソ連軍は撃退されたが、占守島の日本軍の死傷者は1018人、ソ連軍は1567人であった。しかし、大戦でソ連軍の損害が日本軍を上回った、唯一の戦場であった。

池田大佐の決心については、敗戦を境に、日本人が古くから持っていた価値観が変わって「平和ボケ」してしまった現代に、議論しても始まらない。池田大佐という人は、敵が来れば戦う。そして、運が悪ければ死ぬと教育され、それを義務と思って生まれた「軍人」だと思う。私の父、先代の理事長も、軍人、軍医であった。死に損ないの人生ならこそ、世の中のためになる仕事をすると言って、人生を生きてきた。

私は、思う。池田大佐ほどの大責任の決心はできないかもしれないが、洛和会ヘルスケアシステムの職員は、車の運転中に交通事故を目の前で見て、そのまま素通りしたり、介護を必要とする人を目の前で見て、逃げだしたり、そういうことをする人が一人もいない、洛和会にしたい。もう一度、自分が何の「プロ」なのか考え直し、目の前なら、前後見境なく飛び込む、自分が、そういう惻隠の情を専門的に特化された職業であることを、自覚してほしい。

2009年新年号

現代考

先日、私の同級生が経営する、あるラウンジに行った際、そのトイレに面白い文章が貼ってあった。久しぶりに、なるほどと思ったので、誰の文章か分からないが、無断で盗用する（ご存知の人がいたら、後で教えてください）。

商売は　あきないという
それは　おもしろくて
しかたがないから
あきないなのだ
いつもおもしろいから
笑顔がたえないから

「笑売」となる
いつも活発だから
「勝売」となる
あきない商売を
おもしろくないと思っていると
すぐあきる
いつも不平不満や
愚痴がでて　心が次第に
傷ついて
「傷売」となってしまう
こんなお店には　そのうち　誰もよりつかなくなり
「消売」となって　消えてしまう
「笑売」をしているのか
「傷売」をしているのか
「勝売」をしているのか

私は、ここ数年の日本を見るに、何かがおかしくなってきているような気がする。アメリカ主義の「利益のみ」を追求する、サクセスフルストーリーがいいのであろうか。雪印乳業（現・雪印メグミルク）の集団食中毒事件や汚染米の不正転売事件など、国や天下の大企業が社会責任を忘れているような気がする。

松下幸之助は言った。

「商売は、だましやない。売った方も買った方もともに、納得して、喜ばなあかん」

日本には、松下幸之助のような経営者は、もういないのであろうか。

医療に関しても、私は同じだと思う。医療を行った者も、医療を受けた者もともに納得し、喜べる医療を行わなければならないと私は思っている。医療は無料奉仕ではないからこそ、両方が喜べるものを、私は目指したい。

2008年秋号

第1回洛和会ヘルスケアシステム 職域対抗駅伝大会にて

再度見える化

トヨタ自動車の「アンドン」は、効率化の中で気づきにくい異常をランプで多くの人に知らせること＝見える化したことで有名な、トヨタ生産方式の一つである。同時に、異常が見えたものの現場にスキルがなければ、アクシデントが起こるという結果は同じである。

医療においても古くから見える化がなされている。サーモグラフィーによる熱の画像化、聴診のグラフ化など、五感の画像化がそれである。しかし、さまざまな安全管理や経営管理の職員への医業の見える化や、密室で行われる診察や手術、また専門技術の患者さまへの見える化は十分ではない。

理念を通じた病院使命の職員と患者さまへの見える化は十分ではなく、抜け落ちてはいないだろうか。

また、理念を見る、当会の職員向け広報誌『ings』を読むことで見えたとしても、その内容を理解し行動に移すには現場スキルの高さが問われる。仮に現場スタッフにスキルが不足する人がいるならば、管理者や仲間が見たものをさらに細かく噛み砕き、見やすくした「再度見える化」をしてやることも重要である。

当然ながら、見えたものを実行に移す専門スキルを洛和会ヘルスケアシステム職員はすでに持っているものと思うが、これが不足している場合は専門技術教育で補完すべきである。

洛和会ヘルスケアシステムでは、インシデント／アクシデントトリポートによる安全管理の見える化だけでなく、それをさらに分析、どこに問題があるのかまでの「再度見える化」、経営分析結果や政策動向を分析し、どのような対応が必要かの「再度見える化」を行っていく。

2007年秋号

新年に想うこと

夢なき者に　理想なし　理想なき者に　目標なし
目標なき者に　成果なし　成果なき者に　喜びなし

誰の言葉か忘れてしまったが、昔より覚えている言葉である。常に自分にも言い聞かせている。

この地球、太陽系第3惑星は、46億年前に誕生した。ガスと塵の集合が引力により、微惑星、小惑星を引きつけ、マグマオーシャン、火の球の星ができあがり、隕石中の水により、500キロメートルの高さに雲の層ができ、それから雨となり、海ができた。「水の惑星」地球の完成である。

その後いろいろな生命体が、この太陽系第3惑星を支配していたが、一つ科学的に実証されている種の滅び方がある。恐竜の滅び方である。1億数千万年続いた恐竜の地球支配が、6千5百万年前に、突然滅びたのである。

巨大隕石衝突説、有毒植物説、哺乳類出現説、諸説あるが、確かに隕石衝突説は、我々素人にも分かりやすい。直径10キロメートルの隕石が地球にあたれば、0・23秒で1万8千℃の温度に達し（これは、太陽の表面の3倍の温度である）、1兆トンの水と塵を空気中に放出する。この水と塵は、地球上の表面をそれ以降何年にもわたって覆い、地球上の恐竜は全て滅んだという。しかし、面白い説もある。種の老人説である。異常に長く進化し続け（1億数千万年）、種としての生命力をなくしたという。50万年前ぐらいから出現した人類の、最近の進歩を見ていると、考えられなくもない。

今年は、過去最大の診療報酬の「引き下げ」の年となる。洛和会としても、ありとあらゆる手段を講じるつもりである。職員にとって苦しいことも多いと思うが、忘れないでほしい。恐竜のように一瞬で滅びることがあっても、その瞬間まで「夢」「理想」「目標」「成果」「喜び」「進化」を持ち続けることを。

2006年新年号

次代を担う社会の宝

洛和会ヘルスケアシステムは、新コーポレート・スローガンとして『子どもたちのために、未来へ…』を掲げます。

近年、「少子化」が社会問題となり、それがひいては将来の日本の社会経済の存続・発展にも影響を及ぼすとして、多数の省庁や自治体が、それぞれの所管から解決策を講じてきたことはご承知の通りです。

厚生労働省の外郭団体「公益財団法人子ども未来財団」や「京都市子育て支援総合センター　こどもみらい館」の事業、また、「新エンゼルプラン」に掲げられた、「国立成育医療センター」や周産期医療ネットワークの整備、それに小児救急医療支援の推進や「不妊専門相談センター」の整備といった、厚生分野の施策もしかりです。

子どもたちは未来の担い手であり、将来への希望を託すべく、かけがえのない大切な「社会の宝」です。しかしながら、一向にとどまる様相を呈しない少子化の現状を見るにつけ、日本の将来・未来を思う時、その担い手である子どもたちのために、「今、私たちにできること」「今、私たちがやるべきこと」を真剣に考え、躊躇することなく取り組まなければならないことは明らかです。

親も子も将来に夢や希望が持てるような社会に、また次代を担う子どもたちが、心身ともに健やかに育つことができる社会・環境に整え提供することが、私たちに課せられた使命であり責務であると考えます。

このため洛和会ヘルスケアシステムは本年度より「子どもたちのために、未来へ…」を新たなコーポレート・スローガンとし、全ての力やノウハウを結集して「子どもたちの健やかな成育」に取り組んでまいりたいと思います。

2005年春号

薬師如来と音羽の森夢殿

薬師如来は、12の誓願を立て、仏になったと言われています。その7番目の大願に「除病安楽」とあり、薬師は病気を治してくれる仏と理解されています。

毎日太陽が沈んでゆく西の方には未来の理想があり（西方極楽浄土）、毎日太陽が出る東の方に生命のふるさとである過去があると、古来多くの世界で考えられてきました。無限につながる過去の因縁、両親、祖父母の結果として生まれてきた自分、それをつかさどる力こそが東方浄瑠璃世界の薬師如来なのです。

よく身内の方が亡くなり、四十九日で忌明けといいますが、最近はその意味さえ忘れられた感があります。現世で命が尽きてから次の世界に出発するまで、中陰という四十九日間の準備期間があり、7日間ごとに7つの関所の一つひとつで7つの仏さまが助けてくださいます（例えば、初七日（しょなのか）は不動明王、二七日（ふたなのか）は釈迦如来など）。最後の節目が四十九日で満中陰といいます。この時、力を与え、苦悩や障害を乗り越え進めるよう薬を与え、助けてくださるのが薬師如来で、そのおかげで忌明けとなるのです。

その御姿は、左手に薬壺（薬びん）を持ち、施無畏（せむい）の印相（仏の法力を手指の形であらわしたもの）の右手は掌を前にして薬指を前に出したものが最も多いようです。

我が国では薬師如来に対する信仰は古く、古代より、真言宗総本山高野山や天台宗総本山比叡山延暦寺において、御本尊としてまつられています。

洛和会ヘルスケアシステムがこの度創立50周年を迎えられたのも、助けてくださった皆さま、頑張ってくださった諸先輩・職員のおかげと心から感謝いたしております。

その50周年を記念して、洛和会の全職員の力で「音羽の森夢殿」を建立し、その内部に御薬師さんを安置できればどんなに幸せなことでしょう。夢殿とは、日本最古の寺の一つである法隆寺東院の金堂（本堂）の別名です。入院患者さまや全ての人々の願いが届くように「絵馬堂」を設け、この3月10日、洛和会音羽病院リハビリ棟北西の敷地にて落慶法要を行う予定です。一度機会がございましたら、皆さまのご参拝を心よりお待ちいたしております。

2001年1月

創立50周年 ～そして新世紀に向けて～

私の父である前理事長（故矢野宏）が、京の地に矢野医院を開業してはや50年。前理事長は常に「敬・信・愛」の心を持って患者さまに接していました。同時に医療経営のあり方を模索し、経営学・哲学・心理学に基づいた指導を重ね、現在の洛和会ヘルスケアシステムの組織基盤を築き上げたのです。

前理事長のポリシーを背景に 私の理念を前面に出して

1980（昭和55）年、前理事長が急逝し、戸惑うことも許されないまま、私は洛和会の全組織・全職員とその家族の重みを背中で感じることになりました。こうして、それまでの矢野一郎とは違う矢野一郎として第一歩を踏み出したのです。以来私は、亡き父のポリシーを生かしつつも、諸先輩方、幹部職員、現場スタッフの意見を吸収して、洛和会理事長としての重責を務め、「敬・信・愛」はもちろん、顧客第一、高質な医療・介護サービスの提供、健全経営、という理念を主軸に今日まで邁進してまいりました。

子どもの頃は、夜（闇）を恐れ、死を恐れました。子どもながらに死が克服されるであろう夢の21世紀に大きな期待を寄せていましたが、気がつくともう来年が21世紀、夢の新世紀の到来です。もちろん、不老不死はいまだ夢物語ですが、私自身が患者さまの治療に少しは役立っているのだと思うと、小さい頃の夢を自らの手で少しは実現した気になります。ホッと息つく間もなく、また新たな夢の実現に向けて、新世紀はさらなる邁進をしていく覚悟です。

これからの急性期医療

21世紀には、映画『スタートレック』に出てくるドクターマッコイが高度最先端医療機器を駆使して最高の医療を行っていくシーンが、そのまま現実のものになると信じていました。しかし、ハードだけでは無力だということも、これまでイヤというほど経験してきたことです。これからの急性期医療は、最先端の医療機器などのハード面を充実させることはもちろんですが、優秀で迅速な対応ができる医師、看護師、メディカルスタッフをそろえ、ハード・ソフト両面から尊い命を救っていくことが重要です。

患者さまに満足していただける急性期医療を実現していくために、洛和会はハード・ソフト・情報の面で巨大な病院システムを形成していかなければなりません。しかし、組織が大きくなったからといって、洛和会が巨大会社病に罹患し、患者さまの満足度を低下させたのでは本末転倒です。ある意味ではコンビニエンスストアのような身近なもの、地域住民のコミュニティとしての病院機能も大切であると考えています。もちろん、病病連携、病診連携の充実が不可欠であることに変わりありません。

医療・介護サービスを安心して自宅で受けられる時代に

21世紀は、美しく老いる時代でもあります。「知恵袋」として尊敬されるべきお年寄りの、医療面だけでなく介護面でもお役に立てるよう、洛和会は、緻密でかつ優しい人作りを行い、強靭な組織を作り上げていきます。

年を重ねると臓器も同じように老いていきます。罹患率も上がります。結果として、病院は高齢者が多くなります。しかし、「知恵袋」が病院に長期間入院してしまったのでは、子どもや孫たちが寂しい思いをするでしょう。洛和会では、我が家の「知恵袋」を自慢できる家庭作りに一役買いたいと考えています。24時間、自宅で医療を受けられる往診システムや訪問看護システム、24時間何でも相談できる医療介護サービスセンターを各地域に設置しました。洛和会は、21世紀を「在宅医療、在宅介護が安心して受けられる時代」にしたいと考えています。

過去（経験）から生み出した現在（現実）、そして新たな世紀（夢）に向かって、洛和会は着実に成長し、これからも顧客に満足していただける組織作りに努力していきます。

２０００年４月号

すばる

明けましておめでとうございます。

都心部でも、正月は車の排気ガスが少ないため、星空がとてもきれいです。冬の夜空というとオリオン座が有名ですが、正月は特に、南の天頂近くに輝く「すばる」（おうし座M45プレアデス星団）がきれいに見える時期でもあります。清少納言が『枕草子』の中で「星はすばる…」と、たくさんの星の中でも一番美しいと詠んでいるほど、きれいな星なのです。

この「すばる」は医学にも関係が深く、6個の星が見えれば視力が1・2であると言われます。昔から「六連星（ムツラ）」との別名を持つのも、この6個の星が特徴的だからですが、高層ビルが少ない京都でも、最近「ムツラ星」全部を目で確認できることは少なくなってきています。正月の恒例行事として、夜空の天頂を眺めながら視力検査、なんていかがでしょうか。

すばるといえば星だけでなく、口径8・3メートルという巨大な天体望遠鏡「すばる」が今年末、ハワイに完成します。今年も星見人になってみようと思っていますが、今年は20世紀最後の年です。また、介護保険導入までわずか1年と、日本医療始まって以来の大改革（医療ビッグバン）を控えています。そのことを踏まえ、単に遠くの星を眺めるだけでなく、

①救命救急医療　②急性期医療　③慢性期医療　④予防医学　⑤在宅医療　⑥介護福祉

これらの「ムツラ星」をしっかりと見据え、患者さまに優しい高度医療を提供していきたいと考えています。

そして、医療の将来展望を見る目を持つ、洛和会ヘルスケアシステムにしたいと思っています。

1999年1月号

私と金子みすゞ

お魚

海の魚はかわいそう。
お米は人につくられる。
牛はまき場でかわれてる。
こいはお池でふをもらう。
けれども海のお魚は
なんにも世話にならないし
いたずら一つもしないのに
こうして私に食べられる。

ほんとに魚はかわいそう

金子みすゞ童謡集の一つである。

私は感激しました。こんな深い、優しい童謡を書いた人は、どんな人かと思いました。先日、山口県に出張した時のことでした。山口県長門市という所で、地元の人としゃべっていて、金子みすゞという人の名を聞きました。すぐ買って、読んだ童謡集で、最初に書いてあった詩です。

金子みすゞは、明治36年に山口県の現在の長門市仙崎に生まれました。現在とは違い、女性が詩を書くことなど、めったなことでは許されない時代でした。その地で結婚し、子どもをもうけるが、離婚し、子どもを夫にとられそうになり、自分の母親に子どもを育ててほしいと書き残して、26歳の若さで自らの命をたちました。現代では考えられない時代でした。悲劇の女性でした。

子どもたちにもこういう詩のような、優しい心を持ってほしいと思い、下の中学生の娘に家に帰って金子みすゞの話をすると、「私知ってる。金子みすゞ」という返事が返ってきました。「学校で習ったもの」。へえっと妙に感動し、最近の学校じゃ、受験勉強しか教えないと思っていたのに、まんざら捨てたものではないなと思いました。

我々、洛和会ヘルスケアシステムも、チャレンジ21の名のもと、ここ数年の間には、さらに職員の数が増え、組織も大きくなると思いますが、私も含め職員一人ひとりが、どんなに大きくなっても、大人になっても、「子どもこそ、大人の父である」という気持ちをなくさず、一人ひとりの患者さまに接する、そんな洛和会ヘルスケアシステムになってくれればなと、新年に思いました。

土

こッつん　こッつん
ぶたれる土は
よいはたけになって
よい麦生むよ。

朝からばんまで
ふまれる土は
よいみちになって
車を通すよ。

ぶたれぬ土は
ふまれぬ土は
いらない土か。

いえいえそれは
名もない草の
おやどをするよ。

1998年1月号

三内丸山遺跡……逃げる縄文人、追う弥生人。

最近、縄文時代の見直し、ということがよく言われます。よく知られているように縄文時代とは、明治初期に、アメリカの動物学者、エドワード・S・モース博士が、東京品川の大森貝塚を発掘調査した際に出土した、土器の縄の文様から命名した縄文土器からきています。

ひと言で縄文時代といっても、考古学的に、草創期、早期、前期、中期、後期、晩期に分けられ、約7000年間続きました。

主に狩猟、採集、漁労を中心とした縄文人に対し、今からおよそ2400年前北九州に稲作農耕を伴う集団が上陸しました。これが俗にいう弥生人です。弥生人は、稲作という多くの人手を要する農耕のため、集団化し、「共同体的地縁社会の構成↓指導者の誕生→収穫増・人口増→他との土地、食糧を巡る争い→戦争」というサイクルのもと、東へ、東へと縄文人を駆逐して行きました。このことは、理化学的分析法による、岡山県溝手遺跡や奈良県唐古・鍵遺跡などの解析により弥生人の足跡を追うことができます。

ところが、順調に進んでいた弥生人の進行が、関東地方に至って突然停滞し、東への進出が約100年間ストップしてしまいます。なぜこのような停滞が生じたのでしょうか。

先日、仕事の都合で青森県に行くことがあり、最近話題になっている「三内丸山遺跡」を見てきました。想像を超えるものでした。これが「答え」かなと思いました。

三内丸山遺跡は、縄文前期から中期にわたり約1500年続いた集落跡です。これは、従来の土の中に住む、竪穴式住居、小集落という縄文人の概念を覆し、縄文時代のイメージを転換するものでした。大型掘立柱建物跡や、長さ32メートル、高さ10メートルもある大型竪穴式住居跡や高床倉庫と思われる堀立持建物もあり、うるしを調剤に使用した椀型土器や、くしなども大量に発見されました。さらに当時、新潟県糸魚川が主産地だった、翡翠（ひすい）や北海道産の黒曜石で作ったナイフの発見にも至り、交易が行われていた気配もありました。

当時日本列島は氷河期の終わりで、現在よりも年平均気温は2～3度高く、海面も今より1～2メートル以上高かったのです。そのため、関東から東北は今よりももっとクルミや栗などが豊富にあり、サケやマスも多く、食糧資源が豊富でした。これを利用し、東北地方の縄文人は高度に発達した諸技術を駆使しつつ、快活、元気な文化を作っていたのです。小柄な縄文男性が、平均身長約164センチメートルの弥生男性に堂々と立ち向かっていたのです。大柄で、すでに中国大陸や朝鮮半島で戦争を経験していた弥生人に。

豊かな自然環境と、7000年間にわたって培ってきた伝統的な文化に加え、いろいろな力学的道具を使用するような高度な技術を擁し、100年以上も弥生人の侵入を許さなかったのです。

医療費削減や国の増築ベッドの禁止など、病院を取り巻く状況は弥生人の進入のようですが、稲作農耕という新しい生産手段だけでなく、人を殺傷する道具、すなわち「武器」を持つ弥生人に対して（縄文人骨や縄文遺跡からは、戦争の痕跡を示すものは見つかっていない）、高度な医療技術と看護、介護に対する優しい「心」を持って、洛和会という三内丸山遺跡に拠り、縄文人のように生きてみたいと思っています。

1997年4月

三内丸山遺跡…逃げる縄文人、追う弥生人。

総合的視野に立った診断と治療──「総合診療科」を開設

昔、診療科は薬で治す内科と手術で治す外科に大別されていましたが、疾病構造の変化と治療技術の向上に伴い、循環器、消化器、泌尿器、呼吸器など臓器別診療科が中心となり、大学における教育も専門分化してきました。これは、一見分かりやすく患者さんにとって親切であるかのように思えますが、現実はそう簡単なものではありません。胸部に痛みがあるからといって必ずしも心臓疾患ではなく、患者さんがどの診療科を受診しようかと迷うことは、患者さんに自らの判断（診療科決定）を迫っていることでもあり、実におかしな話なのです。しかも長時間待たされたあげく、循環器科で「これは心臓病ではないですね」と指摘され他科へ紹介される、結果的に診断、治療までに時間がかかるというマイナス面を持ったシステムでもあるのです。

教育機関では特にこの傾向が強く、新しい医師はいきなり専門家として巣立つことになります。患者さんにとっても医師にとってもベストでないことがこれまで放置されてきたのです。

アメリカでは診療分析学が確立されており、決まった手順に従って判断され、この患者さんの治療に何が最も効率的なのかが決定されます。これが「総合診療」なのです。総合診療は各診療科への「振り分け屋さん」と誤解を受けやすいのですが、実は総合的な目と、的確な判断を要求される重要な診療科です。患者さんにとって重要な診療科であると同時に、研修医にとってもかけがえのない科でもあるのです。診療後のディスカッションでは、経験から身に付ける診断方法や治療方法だけでなく、統計学的な学問による診断分析能力を教育されるのです。

洛和会では、総合診療と専門診療のクロスオーバーこそが患者さんにとってより良い診療であると考え、10月より洛和会音羽病院に「総合診療科」を開設し、これまでの専門治療科とリンクすることで、今まで以上に的確な診療が行えるようになりました。同時に、今後も総合的視野に立って診断、治療が行えるよう研修医の教育にも力を注いでいく方針です。

1996年10月号

イリュージョン

下の絵を見てください。

NO・1の絵は何に見えますか。
「アヒル」ですか。それとも「ウサギ」ですか。

NO・2の絵は何に見えますか。
「若年婦人」ですか。それとも「老年婦人」ですか。

NO・3の絵は何に見えますか。
「人の顔」ですか。それとも「グラス」ですか。

これをイリュージョンアート（錯覚の芸術）といいます。

No.1

No.2

No.3

No.4

画像素材：PIXTA

面白いと思いませんか。同じ平面でも、見方によって全く違ったものが写るんです。人はたいがいのことを、まず出会った時、最初に判断した時に決めてしまい、それ以後あまり変えようとしません。

自分の胸に手をあてて考えてみませんか。

良くないことだと思います。最初燃えていた人も同じ仕事を長年やることにより、最初の鮮やかさは失せ、次第に同じことの繰り返しになります。

我々洛和会でも、同一役職、同一部署に3年以上いると、「くさる」と考え、数年前より積極的に人事異動を行っています。新しい場所で、新しい仕事で、自分に合ったもの、自分の能力が生かせるものを見つけてほしい、と思います。

年老いて新しいものを見つけよ、とは言いません。せめて、若いうちはいろいろなことに挑戦し、この絵のように「イリュージョン」でもいいから、仕事に違った面を見つけたいと思っています。

（参考／NO・4、何に見えますか。「仏」それとも「鬼」？）

1994年8月号

「クスリ」と「リスク」

先日、ふと道端のカンバンを見ていたら、「くすり」と書いてあった。何気なく通り過ぎようと思って、ふと反対から読んで驚いてしまった。「リスク」（危険）だと思った。我々病院に勤める者は、「くすり」がよく効くのも知っているし、また、その「くすり」は両刃の剣で、非常に重篤な副作用を持つことも知っている。

日本語と英語という全く異民族の話す言葉でありながら、我々病院に勤める人間にとっては、何と、耳が痛い言葉かと感じさせられた。

「男」と「女」の世界も同じじゃないですか。日頃虫も殺さないようなまじめな男がいる。しかし、夜の店で少し酒が入ると、水商売は「客を着て」「客を食い」「客で建てる」と分かっていても、ついころっと行ってしまう。職場で、この人がという女の人が、送別会でお酒を飲むと、別人に変身してしまう。そう珍しいことじゃありませんね。

そういう男と女でもうまくいく人もあります。要するに、二つのバランスが大切なんだな。真実一路の道を行く。真実を諦め、ただ一人、真実一路の道を行くなんて、普通の人じゃできない。

一人じゃ駄目なんですよ。職場だって一緒、一人じゃ何も仕事できませんよ。私だって一緒で、この洛和会の職員900人がいるからできるんです。

自分の男、自分の女を考えるように、職場でも、もう一度考えてみませんか。男女の仲直りのように、どうしたら、そのくすりとリスクのバランスがとれ、仕事がうまくいくかを、期待しています。

1991年12月号

子どもの眼

『一年一組せんせい　あのね』（鹿島和夫編）という、ぴかぴかの一年生の作文集に載っていた、これは面白いと思った詩がある。笑わせる詩である。でも随分シャープで、鮮やかである。我々大人が忘れていたことを、ふと思い出させる。

大人が文章を書くと、どうしても小説風な要素が加わることが多い。誇張表記、感情的言語、余計な形容詞、批判文、賞讃文、人生訓話の類である。

昔の探偵（大正時代）の報告書を読んだことがあるが、右のようなことが省かれた非情な文章である。そのくせ、的を射た理想的報告書である。ふとその時、この一年生の詩を思い出した。共通点があるのではないかと。私も立場上、毎日、いろいろな報告書を読むが、何を言いたいのか、さっぱり分からない報告書もある。発信者の意図を汲み取るのに苦労する。

シンプルで的を射た「子どもの眼」がほしい。最近の社会は、情報社会と言われるようになってきている。一歩でも先に情報をつかんだ方が成功し、成長することができる。我々の医療界も例外ではなく、情報が氾濫しつつある状況になってきている。毎週、毎日発行される医学雑誌、病院関係雑誌、医療新聞など……。激しく変貌する医療界で、情報を得ることは、生き残るためには大切なことであるが、一つ覚えておいてほしい。情報は情報でも「正しい情報」を得ること。当たり前のことなのだが、この「正しい情報」ほど難しいことはない。莫大な量の中からこれを得るためには、時には「子どもの詩」と、「子どもの眼」が必要になるのではないかと思う、今日この頃です。

おとうさん　　やなぎ　ますみ

おとうさんのかえりがおそかったので
おかあさんはおこって
いえじゅうのかぎを

ぜんぶしめてしまいました。
それやのに
あさになったら
おとうさんはねていました。

せんせい

いいお　つた

わたしのせんせいは
てつぼうを
10かいさせます
せんせいは
いっかいもやりません

1998年1月

マンボウ

病院という所で働いていると、人の命を預かっているという使命感のためか、どうも人間が殺伐としていけないと思うことがある。そんな時、私はふとマンボウのことを思い出す。

マンボウと言っても知らない人が多いと思うが、体の後半部がなく、頭だけが泳いでいるような形をしている。しかし立派な魚である。

鳥羽水族館元館長の中村幸昭氏の著『マグロは時速160キロで泳ぐ　ふしぎな海の博物誌』によると、マンボウは、体長3メートル、体重は1トンを超えるものがあるが、それなのに脊髄はわずか1・5センチメートル足らずで、なんと脳より短いそうである。

孵化したばかりの稚魚は体長2・5ミリメートル、親とは似ても似つかぬ、まともな魚の形をしているが、体長1・5センチメートルくらいになると、ほぼ親と同じ姿になる。

世界中の暖海の沖合に住み、主にクラゲやエビ・カニを常食にし、寿命は20年余と言われている。

私は食べたことはないが、肉を湯がき、酢ミソで食べるとエビとイカの中間の味がして風味があるそうである。

腸は煎じて肝臓薬として、脂肪を絞った油はやけどや切り傷、虫刺されに使用する漁民もいる。

私が病院にいて、ふと、マンボウのことを思い出すのは、彼らのユニークな体ではなく、彼らが「海の病院船」とか「海の診療所」などと言われていることである。

海の魚たちは、寄生虫によくとりつかれる。その時頼りになるのがマンボウである。マンボウの皮膚は、鱗がなく、厚くてなめし皮のようになっている。この皮膚に魚たちは寄ってきて体をすりよせ寄牛虫を落とす。

ゆっくりと泳いでいるマンボウは、特殊な抗生物質をこのサンドペーパーのような厚い皮膚から出すので、たいていの軽い病気は不思議にも治るという説があるそうだ。

網にかかると、咽頭歯と呼ばれるのどの奥にある歯をこすり合わせて、キイキイという音を出すが、いたって暴れず、優しい魚である。

こんな優しい海の病院船、私たちの病院グループも、個々の組織が、こんな優しい印象を、患者さまに与えるものになればいいなぁと、ふと感じるのです。

■マンボウ（マンボウ科）：英名Mola mola

日本では伊豆沖で現れることがあるがめったに見られない。サンフィッシュとも呼ばれ、水面を漂いクラゲなどを食する。通常は30メートル以深の海底にいることの方が多い。

日本では鴨川シーワールド（亀田総合病院横）などの水族館に飼育されている。

1988年12月

マンボウ

画像素材：PIXTA

いんしょう

ある国語辞典で、「いんしょう」という字を引くと、「印章」という字と「印象」という字が載っていた。

「印章」つまりはんこである。

皆さんは、毎日の医療業務の中で、1日何回ぐらい、はんこを押すでしょうか。私なんか、はんこを押すことが仕事のようなものです。

どのはんこでも病院に勤めているかぎり、「責任」の伴う、つらいはんこです。

歴史学者の守屋毅（もりやたけし）氏によれば、日本にはんこが入ってきたのは飛鳥時代。大化の改新後に渡来しました。

室町時代から戦国時代にかけては、草名（そうみょう）や花押（かおう）という署名が、はんこに変わったことがあったのですが、江戸時代になるとまたはんこ社会に戻った。もっとも、そのはんこは、庶民が訴えや商取引に使ったのが一般的であったそうです。

目を転じて、アメリカやヨーロッパなどサイン万能の諸外国を見ても、ヨーロッパの古城で見るような、印章や印鑑が長らく使用されてきたのです。はんこは5千年も前に中近東に起こり全世界に広がったが、はんこに変わってサインが使われ出したのは、ヨーロッパにおいてもルネッサンス期という、ごく最近のことです。

「印象」という言葉もよく使われる漢字で、事物が人の心に与える直接の影響という意味です。

洛和会では、この1月より、皆さんの付けている名札が変わりました。大きく、姓・名まで書くようになりました。

患者さんの印象はどうですか。

病棟で看護師さんが「おねえちゃん」と言われたら、不愉快でしょう。胸を張って、胸の名札を見せ、「私には木村久子という名前があります」と言ってください。それと同じように、お年寄の人だって、「ねえ、おじいちゃん」「ねえ、おばあちゃん」と言われたら不愉快に思う人も多いのですよ。それぞれ、人には姓名があるのです。気を付けましょうね。

病院に勤めるかぎり、病院長から、今年入社の受付の人まで、全ての仕事には、普通の職場では考えられないほど「人の命を預かる」という責任があります。これは避けられない宿命です。

自分の仕事に責任を持たなければならないかぎり、自分の胸の名札、毎日、何十回となく押すはんこ。

名札とはんこ、大事にしたいですね。

1988年5月号

いんしょう

ただ眺めれば 花は花
みつめれば 花は命

最近読んだ本の中で、堺屋太一著の『ある補佐役の生涯　豊臣秀長』という小説がある。その中で、なるほどと思ったことがある。

人間、上り坂の時には、押せ押せムードで成功を重ね発展して行くことも、さほど難しいものではない。成長の日々は、本人も楽しく、周囲も活気づいている。組織の内部は引き締り、人材も自ら参集する。夢は限りなく広がり、世に不可能はないようにさえ思えるものだ。

だが、ひと度つまずくと、全てが逆になる。

外的な困難と心理的ないらだちが重なり、組織の内部には相互非難と猜疑が生じ、離反と裏切りが続出することも珍しくない。より良き明日の展望もなく、現状よりも悪化を防ぐために、あくせくする日々は、その現状がどんなにきらびやかでも耐え難く苦しいものだ。

人間誰しも、落ち目にはなりたくない。しかし、長い人生において、また組織として、一本調子の上昇ばかりが続くことなど滅多にない。ことに、偉大なる目標に向かって急進する野心的な人生や、積極的な組織の場合は、つまずき転ぶと打撃は大きい。それだけに、この苦難に満ちた後退の時期をいかに切り抜けるか、その「巧妙さ」と「頑強さ」こそ、人間や組織の価値を決定する、と言ってよい。

日本の歴史の中でも、偉大なる成功者、なかんずく天下を制したような英傑は皆、好調期の攻めの鋭さとともに、苦難の時期の守りの固さを持っている。

源頼朝は伊豆山中で敗戦に耐えて、気力と味方の結束を保ったし、足利尊氏は敗走の後で九州から再起した。徳川家康も三方ヶ原の大敗に耐え、豊臣秀吉との外交戦での屈辱を乗り越え、石川数正の出奔後の動揺を抑えて、覇気と組織を維持し続けた。

我々洛和会にも、いつピンチが訪れるともかぎらない。否、すでに医療を取り巻く環境のピンチは確実に訪れている。長く苦しい努力と忍耐を必要とする時期が来ている。

我々は猛烈な攻撃精神とともに、苦難の時期の忍耐と守りの固さを持たねばならない。

ただ眺めれば、花は花

みつめれば、花は命

己の内で、何が「花」かを考え、洛和会全組織の点検と総見直しをし、もう一度、忍耐の固さと強さを作ってみたい。

1985年9月

ただ眺めれば 花は花　みつめれば 花は命

メディカル・ルネッサンス

職員諸君はすでにご存知のように、最近洛和会の病院案内や薬袋に「メディカル・ルネッサンス」という言葉が書いてあります。

この言葉について今日は一言述べたい。というのも、私はこの言葉を今後の洛和会の旗頭として歩みたいと思っているからです。

ルネッサンスとは「再生」という意味です。

皆さんもご存知のように、ルネッサンスとは、14世紀から16世紀にわたりヨーロッパで行われた文化・芸術一大運動で、近代ヨーロッパの社会誕生の基礎となった運動です。

この運動は大きく分けて二つの面を持っています。一つは、ダンテ、レオナルド・ダ・ビンチ、ミケランジェロなどに代表されるヨーロッパ美術・文化の開花。これを

「内面的発展」と考えるならば、もう一つは、ルネッサンスと同時期に起こったマルコ・ポーロによるインド航路の発見や、コロンブスによるアメリカ大陸の発見に代表される「外面的発展」です。

現在の医療界の厳しい状況の中、この「内面的発展」と「外面的発展」こそ、今の洛和会に求められていることであると私は確信しています。

「外面的発展」として、洛和会は丸太町病院を中核となし、１９８０（昭和55）年の洛和会音羽病院のオープン。１９８４（昭和59）年の増床、総合病院化と着実に発展をとげてきました。さらに、洛和会京都看護学校の創立、丸太町病院の増床、健診センターの独立、循環器センターの設立など、今後も発展の予定は内蔵しています。

しかし、外面的発展だけでは、組織は発展しません。組織を作るのは人であり、そのおおもとの人が発展しなければ組織は大きくならないのです。ここに「内面的発展」が登場してくるのです。

私が諸君に求める、本当のものもこれです。

組織は大きくなり、規模も大きくなり、京都の一般私立病院では最大規模になりましたが、これだけでは最大ではありません。

自分たちが医師であろうが、看護師であろうが、医事であろうが、そう毎日の仕事の上では変わるものでないことを、みんなはよく知っていると思います。しかし、組織が変わる、変わらないにかかわらず、毎日の生活、仕事の中で「己の精神的変革」は必要なのです。これがなってこそ、最大になるのです。

発展についてゆく変革、己を掘り下げる変革、いろいろありますが、この変革なくして真の洛和会の最大規模発展はないのです。

今後ともこの外面的発展と内面的発展をたずさえ、「メディカル・ルネッサンス（医療の再生）」を旗頭に、洛和会は進みたいと思っています。

1984年11月

巻頭言にかえて

医療法人社団洛和会の会報『らくわ』の第1号が発刊されるに際し、巻頭言にかえて、本年度の洛和会の方針を述べさせていただきます。

洛和会の方針を義務づける前に、いまさら言(げん)をまたないことかもしれませんが、医療の基本的なことを振り返ってみたいと思います。

医療法第一条の中では病院を見事に意義づけ、次のように述べています。

「病院とは医師又は歯科医師が、公衆又は特定多数人のため医業又は歯科医業を行う場所であつて、二十人以上の患者を入院させるための施設を有するものをいう。病院は傷病者が、科学的でかつ適正な診療を受けることができる便宜を与えることを主たる目的として組織され、かつ、運営されるものでなければならない。」

ここには、科学的で適正な診療のため組織された運営体が病院であるとする理念が明解に記されています。この理念は洛和会の定款にも明文化されているほど、医療においても最も基本的なものだと考えています。

私どもにおいても常に前向きに発展していく本旨は医療法第一条にあるように「公衆又は特定多数人のため医療を行う」ためであって、患者さんのために発展していくことを肝に銘じて行きたいと考えています。

しかし社会環境が大きく変革していくにしたがって、従来は狭い意味での病める人々を対象としていた病院が、今日予防医学的な活動やリハビリテーションを含む健康のためのセンター的機能として発展し、ますますその対象範囲が広がっていくことが十分予想されます。ただ今後どのような姿で医療の範囲が広がろうとも、機能的には大きく次の4つに分類できると考えます。

（1）診療と看護（基本的なもの）
（2）院内での教育（毎日の臨床教育）
（3）公衆衛生的な活動（成人病予防、検診、リハビリ）
（4）医学の研究開発（将来的なもの）

以上の4分類は基本的なことで洛和会の各病院内でも実行していることです。

また、今後近代的な医療と呼ばれるためには大型施設や設備、複雑高価な医療機器も要求されますが、そればかりでなく医療に対する社会的な要求、患者さんの側に立った個人的な要求などの将来を予想して体制、組織も整備しておかなければなりません。

このため私は、洛和会の中核病院ばかりでなく京都市東部地区の中核病院として、高度な技術と設備を有する専門医群の協力診療体制すなわち、総合病院の必要性を如実に感じ、去年洛和会音羽病院の隣接地を取得し、本年4月着工予定で増床と総合病院化を決定いたしました。本来総合病院の体制は主として急性疾患に向けられるべきものですが、洛和会音羽病院の性格上、慢性疾患患者の受け入れ体制の充実も同時に図りたいと考えています。これは将来を予想して、慢性疾患患者の多数を占める老人専用病床の充実と確保のためであり、慢性疾患患者のために、病床がいっぱいになって動きが取れなくなることを防ぐためでもあります。

また、洛和会の活動を社会的にも患者さんにも、十分理解していただくことも必要です。このため真のPR活動も充実させる必要があります。PR（Public Relations）とは単に広告・宣伝ではありません。本当のPRとは「個人ないし組織体で持続的または長期的な基礎に立って、自身に対して公衆の信頼と理解を勝ち得ようとする活動」であります。洛和会の場合で考えてみますと「洛和会が持続的または長期的視点に立って、自身に対し①地域や地域住民　②受診、入院している患者　③職員やその家族　④製薬会社や医療品問屋　⑤保健所や関係官庁　⑥取引銀行　⑦地区医師会や他の医療機関等の信頼と理解を勝ち得ようとする活動」です。

とりもなおさず、本当のＰＲ活動は院外だけではなく、院内のＰＲも同時に行わなければなりません。ちょうど本の表と裏の関係と同じことです。このため本年度から本当のＰＲ活動の一環として、「ＰＲ委員会」を設置することに決めました。ＰＲ委員会を中心とするＰＲ活動の一つの媒体として、洛和会報『らくわ』の持つ意義は重要であると考えています。院内外を問わず、洛和会の理解と信頼を得る活動を大いに期待しているわけです。

最後になりましたが、洛和会では新しい大きなことを成す時、伝統的に必ず含蓄ある言葉の「旗印」を持っていました。皆さまのおかげをもって矢野医院、丸太町病院、洛和会音羽病院を擁し、着実に発展してまいりました。

今回洛和会音羽病院の増築、増床が完成したあかつきには、洛和会グループ全体で

800床規模の病院群となり、社会的な責任も倍加することになります。しかしどんなに大きな規模となり発展を遂げても、私どもだけの力で成し遂げられたと錯覚してはならないことを皆さまにも、十分ご理解していただけると思います。社会的な支援、患者さんの支援、取引先、業者各位の支援があったからこそなのです。

そこで前述のPR活動とも関連があるのですが、今般洛和会の会章たる「徽章」を制定しました。洛和会が伝統的に使用していた「四ツ葉のクローバー」をアレンジしたものと考えていますが、皆さまはどのようにお感じになるでしょう。そしてこの洛和会の徽章に「限りない前進」「感謝の心」を象徴し「無限の感謝」と命名し、末永く院内、院外にアピールしていきたいと思っております。

1983年3月

息子から父へ

副理事長　矢野　裕典

書籍化にあたり、40年分のコラムを読み返しました。

「敬・信・愛」を掲げた偉大な初代理事長の急逝から突然のバトンタッチ。跡を継ぎ運営していくことの大変さは想像に難くありません。

読み進めると、若かりし理事長は活発に、さまざまな挑戦をしていました。一方、近年は日本ミツバチなど生き物の話、神様や日本のルーツといった深い内容が多くなっています。人が成長していくと、伝えたい内容も変わっていくものなのかと興味深く一読者の視点で読みました。お読みになった皆さまはどのような印象を持たれたでしょうか。ぜひご感想をお寄せください。

コロナ禍以降、世界や暮らしは大きく変わりました。次の時代に我々は何を拠り所にしていけばいいのでしょうか。変わることに注目しがちですが、優しさ、勤勉さといった普遍的な価値観の方が大切なのだと感じています。

何を変えるかより、何を変えないか。

本当に大切にしたいものは何なのか。

何のために洛和会ヘルスケアシステムが存在し、職員が働くのか。

新しい方向性を再定義し、皆でもう一度突き進んでいきます。

コラムを読み返し一番思ったこと。

「洛和会の原点とは、挑戦すること」

これからの挑戦は、新しい施設を作るといった外向きのアクションだけではありません。内なる挑戦もまた、求められています。ＩＣＴを導入して働き方を見直すこと、セクショナリズムを打破すること、医療介護連携を始めとするグループ内連携を強化すること、ジェンダーバイアスを解消すること、多様性を受け入れることなど、挑戦することは山積みです。

若かりし理事長のように、挑戦することを歓迎する組織をもう一度目指していきましょう。そのためにも、理事長には引き続き大所高所からの助言をお願いしていきます。

次世代の我々は、このコラムにもあるさまざまな情熱の「種火」をしっかり受け取り、さらに大きな炎の柱にして１００年、２００年続く組織へと進化させていきましょう。

いざ、さらなる次のステージへ。

無限の感謝とともに。

２０２１年９月

矢野 裕典（やの ゆうすけ）

1981年京都市生まれ
西大和学園高等学校卒業　帝京大学医学部卒業
2019年4月 洛和会ヘルスケアシステム 副理事長に就任
現在に至る

洛和会のあゆみ

1950年（昭和25年）	・矢野医院開設
1962年（昭和37年）	・矢野医院の増床（25床）に伴い「矢野病院」に名称を変更
1967年（昭和42年）	・洛和会丸太町病院（152床）開設 ・矢野病院、「矢野医院」に名称を変更
1973年（昭和48年）	・医療法人社団洛和会 設立
1980年（昭和55年）	・洛和会音羽病院（346床）開設 ・矢野宏前理事長死去（享年62） ・矢野一郎理事長就任
1982年（昭和57年）	・洛和会医療介護サービスセンター音羽病院 開設 ・洛和会音羽病院 院内保育室 開設
1984年（昭和59年）	・ウエルネット設立
1985年（昭和60年）	・洛和会京都看護学校（現・洛和会京都厚生学校）開校
1992年（平成4年）	・京都市在宅介護支援センター洛和会音羽病院（現・京都市音羽地域包括支援センター）開設
1994年（平成6年）	・京都市在宅介護支援センター洛和会丸太町病院（現・京都市朱雀地域包括支援センター）開設

2000年（平成12年）	・洛和ヘルパーステーション桃山 開設 ・洛和ヘルパーステーション丸太町 開設 ・洛和デイセンター音羽 開設 ・洛和グループホーム円町 開設 ・洛和グループホーム出町柳 開設 ・洛和グループホーム音羽 開設 ・洛和会医療介護サービスセンター山科駅前店 開設
2001年（平成13年）	・丸太町クリニック 提携 ・音羽クリニック 提携 ・洛和会音羽病院 電子カルテ導入 ・洛和会医療介護サービスセンターうずまさ店 開設 ・洛和会訪問看護ステーション桃山 開設 ・洛和会訪問看護ステーション大津 開設 ・洛和ヘルパーステーション常盤 開設 ・洛和デイセンター大津 開設 ・洛和グループホーム醍醐新町 開設 ・洛和グループホーム大津 開設 ・洛和グループホーム常盤 開設
2002年（平成14年）	・洛和会音羽病院 回復期リハビリテーション病棟（50床） 開設 ・洛和会丸太町病院 電子カルテ導入 ・洛和会訪問看護ステーション東山 開設 ・洛和会訪問看護ステーション石山寺 開設 ・洛和会訪問看護ステーション21開設

	・洛和会訪問看護ステーションまるたまち 開設
1995年（平成7年）	・洛和会訪問看護ステーションうずまさ 開設 ・洛和会訪問看護ステーション花山 開設 ・洛和会訪問看護ステーション勧修 開設
1997年（平成9年）	・洛和会音羽病院 医師臨床研修病院 指定
1998年（平成10年）	・音羽前田クリニック 提携 ・京都市在宅介護支援センター洛和ヴィラ桃山（現・老人介護支援センター洛和ヴィラ桃山） 開設 ・洛和デイセンター音羽前田 開設 ・洛和グループホーム勧修 開設 ・介護老人福祉施設 洛和ヴィラ桃山 開設
1999年（平成11年）	・洛和会音羽病院 歯科医師臨床研修病院 指定 ・洛和会京都医療介護研究所 設立 ・ウエルネット大津支店 開設 ・洛和会医療介護サービスセンター山科総合庁舎前店 開設 ・洛和ヘルパーステーション勧修 開設 ・洛和ヘルパーステーション山科 開設 ・洛和ヘルパーステーション大津 開設 ・洛和デイセンターイリオス 開設 ・介護老人保健施設洛和ヴィライリオス 開設 ・洛和ヴィラ桃山居宅介護支援事業所 開設
2000年（平成12年）	・洛和会音羽病院 病院機能評価（複合B） 認定 ・洛和会音羽病院リハビリ棟（現C棟） 開設 （認知症疾患治療病棟60床、介護療養型病床100床）

	・洛和ヘルパーステーション東山 開設 ・洛和グループホーム千代原口 開設 ・洛和グループホーム亀岡千代川 開設 ・洛和グループホーム石山寺 開設 ・居宅介護支援事業所石山寺 開設
2003年（平成15年）	・洛和会音羽病院／洛和ヴィラ桃山／洛和ヴィライリオス 品質マネジメントシステム ISO9001：2000認証 取得 ・洛和グループホーム勧修 II番館 開設 ・洛和グループホーム太秦 開設 ・洛和会訪問看護ステーション坂本 開設 ・洛和ヘルパーステーション坂本 開設 ・洛和グループホーム坂本 開設 ・洛和グループホーム大山崎 開設 ・居宅介護支援事業所東山 開設 ・介護老人福祉施設 洛和ヴィラ大山崎 開設
2004年（平成16年）	・洛和図書館 開設 ・洛和会丸太町病院 病院機能評価（複合病院：一般療養） 認定 ・洛和会丸太町病院 品質マネジメントシステム ISO9001：2000認証 取得 ・音羽前田クリニック 電子カルテ導入 ・洛和ヴィラ大山崎 品質マネジメントシステム ISO9001：2000認証 取得 ・洛和グループホーム大山崎 品質マネジメントシステム ISO9001：2000認証 取得

	・洛和会訪問看護ステーション四条鉾町 開設 ・洛和ヘルパーステーション四条鉾町 開設 ・洛和ヘルパーステーション宇治琵琶 開設 ・洛和デイセンター音羽の里 開設 ・洛和デイセンター四条鉾町 開設 ・洛和デイセンター宇治琵琶 開設 ・洛和グループホーム四条鉾町 開設 ・洛和グループホーム宇治琵琶 開設 ・居宅介護支援事業所四条鉾町 開設 ・居宅介護支援事業所宇治琵琶 開設
2005年（平成17年）	・洛和会京都看護学校（現・洛和会京都厚生学校）：品質マネジメントシステム ISO9001：2000認証 取得 ・介護支援部 介護事業部 関連5事業所14施設 品質マネジメントシステム ISO9001：2000認証 取得 ・洛和会丸太町病院 医師臨床研修病院 指定 ・洛和会医療介護サービスセンター嵯峨店 開設 ・洛和会訪問看護ステーション嵯峨 開設 ・洛和会医療介護サービスセンター丸太町店 開設 ・洛和デイセンター四条西洞院 開設 ・洛和グループホーム京田辺 開設 ・洛和ヴィラ大山崎居宅介護支援事業所 開設 ・洛和ヴィラ桃山II番館 開設
2010年（平成22年）	・守山市立吉身保育園（指定管理者）運営開始 ・特別養護老人ホーム洛和ヴィラ南麻布 開設 ・介護老人保健施設洛和ヴィラサラサ 開設 ・洛和デイセンター南麻布 開設 ・洛和デイセンターサラサ 開設 ・洛和ウィズ山科小山※開設 - 洛和小規模多機能サービス山科小山 - 洛和グループホーム山科小山 - 洛和デイセンター山科小山 - 洛和山科小山児童園 ※右記4施設の総称を、幼老統合型複合施設 洛和ウィズ山科小山と定める ・洛和会丸太町病院、洛和会音羽記念病院、洛和会みささぎ病院ほか5施設でKES取得 ・洛和ヘルパーステーション右京常盤 開設 ・洛和グループホーム右京常盤 開設 ・居宅介護支援事業所右京常盤 開設
2011年（平成23年）	・洛和会医療介護サービスセンター府庁前店 開設 ・洛和会医療介護サービスセンター京大病院前店 開設 ・洛和会医療介護サービスセンター北野白梅町店 開設 ・居宅介護支援事業所洛和ヴィラ南麻布 開設 ・洛和会医療介護サービスセンター右京山ノ内店 開設 ・洛和会京都看護学校、「洛和会京都厚生学校」に名称を変更 助産学科、視能訓練士学科を新設

2006年（平成18年）	・洛和会訪問看護ステーション大山崎 開設 ・洛和グループホーム久世 開設 ・洛和山科駅前保育園 開設 ・洛和東桂坂保育園 開設 ・洛和小山学童保育園 開設 ・二条駅前クリニック 提携 ・洛和会音羽病院 プライバシーマーク取得 ・洛和グループホーム精華の郷 開設 ・音羽クリニックを洛和会音羽病院に統合
2007年（平成19年）	・洛和会音羽病院 救急医療機能認定 ・洛和日ノ岡児童園開設
2008年（平成20年）	・丸太町クリニックを洛和会丸太町病院に統合 ・洛和会音羽記念病院（110床）開設 ・介護老人保健施設 洛和ヴィラアエル 開設 ・次世代育成支援認定事業主 認定 ・洛和グループホーム大津若葉台 開設 ・洛和グループホーム北花山 開設 ・洛和会音羽記念病院 品質マネジメントシステム ISO9001：2000認証 取得
2009年（平成21年）	・洛和グループホーム八幡橋本 開設 ・洛和会音羽病院ほか6施設でKES取得 ・洛和会みささぎ病院（149床）開設 ・洛和ヴィラアエル 品質マネジメントシステム ISO9001：2008認証 取得 ・洛和会音羽病院「ハイ・サービス日本300選」受賞
	・洛和第二若草保育園（洛和会丸太町病院院内保育室）開園 ・洛和山科小山児童園と洛和小山学童保育園が統合し、「洛和山科小山児童園（児童デイサービス室・学童保育室）」へ名称変更 ・洛和グループホーム右京山ノ内 開設 ・洛和デイセンター右京山ノ内 開設 ・洛和グループホーム醍醐春日野 開設 ・居宅介護支援事業所醍醐駅前 開設 ・洛和ヘルパーステーション醍醐駅前 開設 ・洛和訪問入浴介護醍醐駅前 開設 ・洛和会ヘルスケアシステム101施設でKES取得 ・洛和会音羽病院 D棟開設 ・洛和グループホーム二条城北 開設 ・洛和グループホーム山科鏡山 開設
2012年（平成24年）	・洛和小規模多機能サービス山科西野 開設 ・洛和グループホーム山科西野 開設 ・京都市音羽児童館（指定管理者）運営開始 ・洛和会音羽病院救命救急センター指定 ・洛和デイセンター西ノ京 開設 ・洛和グループホーム西ノ京 開設 ・洛和会医療介護サービスセンター西京極店 開設 ・洛和会訪問看護ステーション西京極 開設 ・洛和ヘルパーステーション西京極 開設 ・洛和小規模多機能サービス花園 開設 ・洛和グループホーム花園 開設

	・洛和会医療介護サービスセンター三条会店 開設 ・高齢サポート・朱雀 京都市朱雀地域包括支援センター 開設
2013（平成25年）	・洛和会医療介護サービスセンター梅津段町店 開設 ・洛和会医療介護サービスセンター帷子ノ辻店 開設 ・洛和グループホーム西院 開設 ・洛和小規模多機能サービス西院 開設 ・京都市新道児童館（指定管理者）運営開始 ・洛和会医療介護サービスセンター醍醐東店 開設 ・洛和ヘルパーステーション醍醐東 開設 ・洛和デイセンター醍醐駅前 開設 ・洛和ホームライフみささぎ 開設 ・洛和ホームライフ御所北 開設 ・洛和グループホーム守山大門 開設
2014（平成26年）	・洛和会丸太町病院 新築移転 ・洛和会訪問看護ステーション壬生 開設 ・洛和グループホーム壬生 開設 ・洛和小規模多機能サービス壬生 開設 ・洛和デイセンター百万遍 開設 ・洛和グループホーム百万遍 開設 ・洛和グループホーム伏見竹田 開設 ・洛和小規模多機能サービス伏見竹田 開設 ・洛和ホームライフ御所北がサービス付き高齢者向け住宅から介護付有料老人ホームに変更

	・洛和会医療介護サービスセンター音羽病院前店 開設 ・洛和ホームライフ香里園 開設 ・洛和ホームライフ北野白梅町 開設 ・洛和デイセンター北野白梅町 開設 ・洛和会医療介護サービスセンター河原町三条店 開設
2016（平成28年）	・洛和会東寺南病院 開設 ・洛和ホームライフ山科東野 開設 ・洛和ウィズ桂 開設 洛和グループホーム桂、洛和桂小規模保育園（小規模保育事業） ※右記2施設の総称を幼老統合型複合施設 洛和ウィズ桂と定める ・洛和会医療介護サービスセンター四条西洞院店 開設 ・京都市花山児童館（指定管理）、京都市深草児童館（指定管理）運営開始 ・地域密着型介護老人福祉施設 洛和ヴィラ天王山 開設 ・洛和グループホーム天王山 開設
2017（平成29年）	・洛和ホームライフ室町六角 開設 ・特別養護老人ホーム 洛和ヴィラ文京春日 開設 ・高齢者あんしん相談センター大塚 開設

	・洛和御所南学童クラブ 開設 ・洛和小規模多機能サービス壬生と洛和会訪問看護ステーション壬生が複合型サービスに変更 ・学校法人 洛和学園 設立 ・居宅介護支援事業所修学院 開設 ・洛和デイセンター修学院 開設 ・洛和グループホーム瀬田 開設 ・居宅介護支援事業所音羽 開設 ・洛和訪問入浴介護音羽 開設 ・洛和デイセンタースパ音羽 開設 ・洛和ホームライフ音羽 開設 ・洛和グループホーム醍醐寺 開設 ・守山市立吉身保育園分園（指定管理者）運営開始 ・洛和グループホーム桂川 開設 ・洛和小規模多機能サービス桂川 開設
2015年（平成27年）	・洛和会医療介護サービスセンター浜大津店 開設 ・洛和ホームライフ四ノ宮 開設 ・洛和会医療介護サービスセンター丸太町店 開設 ・洛和会音羽リハビリテーション病院 開設（洛和会みささぎ病院から名称変更） ・丸太町リハビリテーションクリニック 開設 ・洛和メディカルスポーツ京都丸太町 開設 ・洛和デイセンターみささぎ 開設 ・京都市大塚児童館（指定管理者）運営開始 ・洛和キッズアフタースクール 開設

	・高齢者あんしん相談センター大塚分室 開設 ・大塚介護保険サービスセンター 開設 ・文京大塚高齢者在宅サービスセンター 開設 ・洛和イリオス保育園 開設 ・洛和会医療介護サービスセンター東大路店 開設 ・洛和会訪問看護ステーション東大路 開設
2018年（平成30年）	・洛和会音羽病院 DPC特定病院群に認定 ・洛和複合サービス壬生から洛和看護小規模多機能サービス壬生へ名称変更 ・洛和会丸太町病院 地域包括ケア病床 開設
2019年（平成31年・令和元年）	・洛和桂川小規模保育園 開設 ・洛和会音羽病院 緩和ケア病棟 開設 ・「夢、そして誇り。この街で…」をコーポレートスローガンに ・洛和会音羽病院 外来治療センター 開設
2020年（令和2年）	・洛和会訪問看護ステーション音羽 開設 ・洛和看護小規模多機能サービス音羽 開設 ・地域密着型介護老人福祉施設 文京大塚みどりの郷 開設 ・洛和大塚みどり保育園 開設
2021年（令和3年）	・洛和会訪問看護ステーション北大路 開設 ・洛和会医療介護サービスセンター北大路店 開設 ・洛和ヴィラサラサ 訪問リハビリテーション 開設 ・洛和会介護教育センター 開設 ・洛和会訪問看護ステーション東向日 開設

ビジョン

医療・介護・健康づくり・子育て支援の各分野で

信頼されるリーダーを目指します

理念

一、　顧客第一に、質の高い医療、介護、保育を提供します

一、　すべてのサービスに、誇りと責任を持ちます

一、　経営基盤を確立し、個人と組織の向上を目指します

洛和会ヘルスケアシステムの
コーポレートスローガン

メディカル・ルネッサンス

2002年

Dreams&love 洛和会

2005年

子どもたちのために、未来へ…

2014年

発展、ともに前へ…

2019年

夢、そして誇り。この街で…

参考文献

『日本人はどこから来たのか？』海部陽介著／文藝春秋
『サピエンス日本上陸　3万年前の大航海』海部陽介著／講談社
『法医昆虫学捜査官』川瀬七緒著　／講談社
『看る力 アガワ流介護入門』阿川佐和子・大塚宣夫共著／文藝春秋
『完本 一月一話』淮陰生著／岩波書店
『ゴルゴ13』さいとう・たかを著　／リイド社
随筆集『案内者』寺田寅彦著　／岩波書店
『壁は200億光年の夢を見る』絹谷幸二著／美術年鑑社
『京都の平熱　哲学者の都市案内』鷲田清一著／講談社
『京都「地理・地名・地図」の謎』森谷尅久著／実業之日本社
『日本人の知らない日本語』蛇蔵・海野凪子共著／KADOKAWA
『ごみを燃やす社会』山本節子著／築地書館
『流れ星の文化誌』渡辺美和・長沢工共著／成山堂書店
『一年一組せんせい　あのね』鹿島和夫編纂／理論社
『マグロは時速160キロで泳ぐ　ふしぎな海の博物誌』中村幸昭著／PHP研究所
『ある補佐役の生涯　豊臣秀長』堺屋太一著／文藝春秋

矢野 一郎（やの　いちろう）

1949年京都市生まれ
洛星高等学校卒業　昭和大学医学部卒業
1980年11月 医療法人社団洛和会 理事長に就任
現在、洛和会ヘルスケアシステム 理事長

夢、そして誇り。この街で…

2021年10月26日初版第一刷発行

著　者　矢野一郎

発行者　内山正之
発行所　株式会社西日本出版社
http://www.jimotonohon.com/
〒564-0044
大阪府吹田市南金田1-8-25-402
〔営業・受注センター〕
〒564-0044　大阪府吹田市南金田1-11-11-202
TEL：06-6338-3078
FAX：06-6310-7057
郵便振替口座番号　00980-4-181121

編　集　松田記子　森永桂子　笠原美律
装　丁　文図案室
イラスト　ちはらすず
印　刷　株式会社シナノパブリッシングプレス

ISBN978-4-908443-68-8